FUGA ITALIANA

ITALIAN PURSUIT

RIVIERA SECURITY
LIBRO 2

TAMARA BALLIANA

OLIVIA RIGAL

ISBN: 979-10-96949-49-6

Traducción del francés: Elizabeth Garay garayliz@gmail.com

1

JIMMY

Ken siempre dice que mi superpoder es la capacidad de dormir en cualquier lugar y, de cualquier forma. Sin embargo, estas últimas horas he tenido problemas para conciliar el sueño.

Sería mucho más fácil poder tomar una pequeña siesta, solo para matar el tiempo. Siento como si hubiera estado esperando en este pasillo del hospital de "La Timone" durante horas. El olor a antiséptico, el sonido de las camillas rodando sobre el suelo de linóleo, el pitido de las máquinas, todo me resulta familiar ahora.

No estoy esperando noticias de un ser querido. A decir verdad, si la persona por la que estoy aquí desapareciera, casi me haría feliz. No quiero parecer cruel, pero sigo convencido de que un cabrón como Arkady Ouchkine no puede aportar nada bueno a este mundo. Pero antes de que se vaya al infierno que se merece, necesito sacarle una última información.

No soy un hombre de promesas. Lo único que me importa es servir a mi país. Por lo demás, nunca me comprometo. En mi infancia me decepcionaron con demasiada frecuencia promesas incumplidas como para correr el riesgo de hacer sufrir a otra persona de la misma manera. Aplico esta regla a todos los aspectos de mi vida. Mis amigos, los que realmente me conocen como Ken, saben que no necesitan exigirme eso. Para las mujeres que han pasado por mi vida… es otra historia. Algunas hubieran querido que les prometiera un futuro para nuestra relación. La verdad es que nunca sentí la necesidad ni el deseo de hacerlo. A veces pienso que es porque no he conocido a la persona adecuada, otras veces pienso que simplemente soy así.

Y, sin embargo, estoy aquí por una promesa. La que le hice a una hermosa rubia con la que no pasé más de diez minutos.

No sé nada de ella, o casi nada. Sé que cayó en manos del hombre que está entre la vida y la muerte a unos metros de aquí. Me dijo que es de Nueva York y que tiene los ojos más hermosos que he visto en mi vida. Un color singular entre verde y azul que me hipnotizó, debo creerlo, porque por primera vez en mucho tiempo hice una promesa, llevarla de vuelta a casa.

Una promesa que fallé estrepitosamente.

Pero a diferencia de mi madre, que muchas veces me decepcionó y me abandonó, no lo haré a Tiffany, incluso si eso significa tener que amenazar a un hombre en su lecho de muerte.

«Todavía sigues aquí?», me dice la enfermera de turno mientras pasa junto a mí.

Le sonrío, notando que no es inmune a mi encanto, algo que también podría aprovechar si me puede ayudar a lograr mis objetivos.

«Sí, ¿está despierto?».

Ella duda, así que pongo en marcha mi mejor actuación.

«Por favor, Laurie, realmente necesito hablar con él. La vida de una joven podría depender de lo que él me diga».

Siento que la enfermera se debate entre su corazón y su deber. Insisto un poco más.

«Cinco minutos es todo lo que pido».

Ella mira a cada lado del pasillo y luego dice, «Adelante. Pero si alguien pregunta, nunca te di permiso».

«Gracias».

Estoy a punto de entrar en la habitación de Arkady, pero ella me detiene.

«Aún está delicado, así que sé gentil».

No prometo hacerlo, porque sería mentir. Solo sonrío. Ella interpretará lo que quiera.

Dos segundos después, abro la puerta de la habitación de Arkady.

Creo que, si sus hombres lo vieran allí, con su bata de hospital y pálido como la muerte, su reputación de tipo duro se desmoronaría. Tiene los ojos cerrados, pero cuando me acerco, levanta los párpados. Su mirada no revela ninguna emoción: ni miedo ni desafío.

Agarro un taburete y me siento junto a su cama.

«No voy a hacerte perder tu tiempo, ni el mío, porque tengo la impresión de que es un bien escaso para los dos».

No responde. Realmente no sé si puede hablar, pero eso espero. Si pudiera cantar como un ruiseñor en unos momentos, eso me vendría muy bien.

«La otra noche en Palm Beach, había una chica, Tiffany, a quien habías destinado subastar».

He visto muchas cosas repugnantes en mi carrera militar, pero la sola idea de vender seres humanos como ganado me produce náuseas. Y sigo, «Alta, de unos dos metros de altura, delgada, rubia con ojos azul verdoso. Quiero saber dónde está».

Arkady me mira. Él sabe muy bien de quién estoy hablando, puedo leerlo en la sonrisa que aparece en su rostro. Pero no responde.

¿Quiere jugar? Puedo hacerlo.

Mi mirada se posa en las vías intravenosas que cuelgan al lado de la cama. Descifro una a una las descripciones de los productos que se inyectan directamente en sus venas. Cuando encuentro la que estoy buscando, la desconecto.

«Bueno, en una zona de guerra, todos los hospitales tienen el mismo aspecto. Tuve la oportunidad de pasar tiempo allí más de una vez. No porque fuera uno de los heridos, afortunadamente, sino para servirles de intérprete. Y noté algo, ¿sabes qué?».

Solo el silencio me responde, así que continúo.

«Cualquiera que sea el origen del paciente, su lesión, sus creencias, su lenguaje, hay una cosa que es común: el dolor. Por supuesto, cada uno tiene su dosis que es capaz de aguantar. Algunos tienen alta resistencia, otros no. Pero todo el mundo tiene un límite, un momento en el que se derrumba y está dispuesto a todo, siempre y cuando le inyecten más morfina. Sugiero que probemos juntos, ¿cuál es tu límite?».

Vuelvo a sentarme en el taburete. Ya puedo ver en sus ojos azul hielo que está sufriendo. Solo espero que me den tiempo suficiente para que empiece a hablar.

Espero unos minutos y luego repito mi pregunta, «¿Dónde está Tiffany?».

Él se ríe. Por lo tanto, es capaz de emitir sonidos. Cuando su voz suena al segundo siguiente, siento que está haciendo un esfuerzo sobrehumano para hablar, «No lo sé».

Esta respuesta debería minar mi moral. Sin embargo, siento que no me cuenta todo.

«Tienes la oportunidad de hacer una última buena acción antes de arder en el infierno. Así que al menos intenta dejar esta tierra con una buena acción. Podrás irte y decirte que has tranquilizado tu conciencia. Dime qué información tienes».

Él mira hacia el techo.

«Ustedes los estadounidenses son tan arrogantes. Creen que lo saben todo, sobre el bien, sobre el mal...».

Me inclino sobre él. Su rostro está bañado en sudor.

«Créeme, sé exactamente cómo es el mal, porque lo tengo justo frente a mí. ¿Crees que puedes ser más listo? Puedo jugar a eso también. Descubrí un poco sobre tu estado de salud. Estás medio muerto, los médicos tienen la esperanza de salvarte. Lo que probablemente aún no te hayan dicho es que en el mejor de los casos vas a acabar con tu vida postrado en una cama. Las balas te hicieron tal daño que no volverás a caminar, y del resto ni siquiera te cuento. No estoy seguro de que tus hombres estén preparados para recibir órdenes de un tipo que ya ni siquiera podrá limpiarse el culo. Te dejo la opción: o me ayudas y me aseguro de que dejes esta vida con dignidad, o te niegas y tendrás largos y solitarios días para meditar tus opciones. Tu decides».

Sé que comprende inmediatamente que no estoy mintiendo. También me doy cuenta de que los efectos de la morfina están desapareciendo. Está sufriendo, está entrando en esta fase en la que estamos dispuestos a hacer cualquier cosa para que el dolor cese. Ahora es el momento de aprovecharlo.

«¿Dónde está Tiffany?».

«No lo sé», comienza. Hace una mueca y continúa, «pero sé que hay un hombre, un italiano, que la quería a toda costa».

«¿Su nombre?».

«No lo conozco. Utiliza un seudónimo».

«¿Cuál?

«*Il Santo*».

«¿El Santo?».

«¿Qué más puedes contarme sobre él?», insisto.

«No mucho. Este hombre es un misterio. Realmente no sabemos mucho sobre él. Parece que tiene una organización importante en Italia que se extiende mucho más allá. Pero hasta ahora no se ha podido probar nada».

Curiosamente, creo que está siendo sincero. No me dirá nada más.

Vuelvo a conectar la bolsa de morfina, agarro el dispositivo que regula la administración de medicamentos y le quito el seguro, como vi hacer una vez a un médico militar. Le pongo el control en la mano.

«Si presionas aquí, puedes aumentar tu dosis. Quité el sistema que te permitirá inyectarte una dosis demasiado grande».

Me encuentro con su mirada, leo allí un gracias que no dirá.

Salgo de la habitación con la certeza de que en unos minutos los aparatos empezarán a sonar y todo el departamento correrá hacia la cama de Arkady. Pero será muy tarde...

Por mi parte, estaré tras la pista de *Il Santo*.

2

TIFFANY

Es de noche…

Bueno, eso creo.

Hace más fresco, no escucho ningún ruido.

¿Cuántos días uno puede quedarse solo en una habitación, sin ventanas, sin perder la noción del tiempo?

A juzgar por la cantidad de veces que he tomado una pieza de fruta del cesto que hay sobre la mesa de centro, llevo aquí dos días. Pero podría ser menos… o más.

Mi habitación es espaciosa, la cama cómoda. Si estuviera en un hotel, es decir, si fuera una habitación con ventana, le daría al menos cuatro estrellas. Quizás incluso cinco, solo por el cuarto de baño. He compartido jacuzzis más pequeños que la bañera que adorna la mitad del espacio de la ducha.

Lástima que no puedo disfrutarlo.

Aún así, tomé una ducha, la más rápida de mi vida. La necesitaba. Una vez limpia, incluso pude cambiarme. En el vestidor encontré mi bolso.

Todavía no me había fijado en las cámaras.

Periódicamente, se enciende una pequeña bombilla roja

y las cámaras escanean la habitación simultáneamente. Sin embargo, no creo que mi vigilancia sea solo intermitente. Tengo la abrumadora sensación de ser observada constantemente.

En la oscuridad, espero hasta que la cámara haya terminado de girar y la bombilla se apague antes de presionar el interruptor de la luz. La lámpara de techo ilumina la habitación con una luz cálida. Tengo sed. Ignoro la botella de agua de plástico que hay en la mesita de noche. Beberé directamente del grifo. ¿Me estoy volviendo paranoica? Puede ser.

O no. Si ese fuera el caso, tendría circunstancias atenuantes. En dos semanas fui seducida, engañada, drogada y luego subastada como cabeza de ganado.

Los detalles de la venta me llegan a la memoria por fragmentos.

No me encontraba sola. Madison y luego… mi memoria es como el queso suizo. Había otras chicas en la habitación con nosotras. No recuerdo sus nombres. Quizás nunca las conocí.

Recuerdo a Madison porque luchó como un demonio y prometió a quien quisiera escucharla que su hermano vendría a salvarla. Pensé que se estaba engañando a sí misma, pero tuve cuidado de no decírselo. Por improbable que pareciera, no iba a reventar su última burbuja de esperanza. Me habría equivocado. Ella tenía razón. Su hermano llegó para salvarla.

Su hermano y otro hombre: Jimmy.

Jimmy Summers.

Vuelvo al dormitorio. Con pesar, me meto en la cama completamente vestida. Las sábanas son tan suaves, que es un desperdicio no poder disfrutarlas. Apago la luz y cierro los ojos.

Jimmy Summers.

En mi memoria es tan alto y tan guapo que a veces me pregunto si no lo habré soñado. Repito la película de la noche una y otra vez. Eran dos y habían venido a salvar a Madison. Solo a Madison. Pero también intentaron liberarme.

«Pero, por supuesto, te llevaremos con nosotros», me dijo Jimmy.

Escucho su voz como si todavía estuviera a mi lado.

Su voz y su promesa, «No te vamos a abandonar, con nosotros estarás a salvo, te lo prometo».

Y creí en ello, me aferré hasta que todo se convirtió en una pesadilla. Jimmy me gritó que me quedara, que era la policía la que había llegado, pero se equivocaba. Por eso me escapé. Si los hombres que nos interceptaron eran efectivamente policías, entonces eran de los corruptos. Hombres a sueldo de Arkady.

Cierro los ojos y todavía escucho su voz, «Estarás a salvo, lo prometo».

Me hubiera encantado creerlo, pero no tuve fe.

La luz de las cámaras de vigilancia parpadea y luego se apaga.

Como ya no puedo dormir, enciendo las luces.

Me levanto, camino de un lado a otro y luego me detengo cerca de la puerta. Ni un ruido.

Y si... agarro la manija y gira.

Con mil precauciones, entreabro la pesada puerta. Esta da a un pequeño pasillo iluminado por una lámpara de techo. Parece que no hay nadie. Asomo la cabeza para asegurarme. No se ve ni un alma, pero al final del pasillo hay una puerta de cristal y a través de ella puedo ver el exterior. Un hermoso cielo azul iluminado por un sol resplandeciente. ¡Es de día!

Salgo de mi celda y camino de puntillas hacia la luz. Sin

creerlo todavía, giro la manija de esta nueva puerta. Y se abre con facilidad y salgo.

El brillo del sol es casi cegador después de la oscuridad del interior. Con una mano me protejo los ojos y miro a mi alrededor. Estoy en un jardín. Un jardín amurallado, en lo alto de una colina. Al otro lado del muro, olivos hasta donde alcanza la vista.

Avanzo un poco para alejarme de la casa. Excepto que no es una casa sencilla, es un pequeño palacio. Una de esas villas toscanas que siempre me han hecho soñar. Las paredes son de color ocre y las ventanas están enmarcadas con magníficas contraventanas de madera azul.

Unos pasos más y veo una piscina. En el borde de la misma hay sombrillas y tumbonas; en una de ellas, una mujer está boca abajo tomando el sol con un libro en la mano. Levanta la vista y sonríe.

«¡Por fin! Estás despierta».

Su inglés es impecable, salpicado de acento africano. Se levanta, se ajusta la parte superior de su traje de baño y luego se acerca a mí. Es hermosa, se parece a Shaunette Renée Wilson [1]. Es alta, más alta que yo, lo cual es bastante raro.

«No sabes lo feliz que estoy que hayas llegado. Estaba empezando a sentir muy largos los días, completamente sola».

Me abraza como si fuera una amiga perdida hace mucho tiempo.

«Eres Tiffany, ¿verdad?».

«Sí, Tiffany Gimbles».

La respuesta se me escapa, mecánicamente, sin que me haya tomado el tiempo de pensar en ello.

«Soy Amhale, Amhale Nkosi», me dice, deslizando su brazo en el mío. «Nos convertiremos en las mejores amigas del mundo».

1 Actriz que participa en la serie "The Resident" y en la película "Black Panther"

3

JIMMY

Cuando me embarqué hacia Francia con Ken para buscar a su hermana, imaginé que, una vez encontrada, podría disfrutar de unos merecidos días de descanso en la Costa Azul.

Nuestra última misión con el ejército fue incomparable en duración y esperaba pasar unos días de relajamiento. La idea inicial era pasar el tiempo en casa, organizar parrilladas con amigos, jugar videojuegos hasta altas horas de la madrugada… al menos esa era la idea, antes de descubrir que mi novia me había dejado llevándose mi consola. No tuve ninguna dificultad en cambiar de plan.

Ken es como un hermano para mí. Somos amigos desde pequeños, crecimos en la misma ciudad. Lo vi criar a Madison después de la muerte de sus padres. Así que, cuando me dijo que ella había desaparecido, fue como si me hubiera dicho que mi familia había sido afectada. La que yo había elegido, al no poder contar la original, de la que yo provenía.

Liberar a Madison, que había sido secuestrada por un gánster ruso llamado Arkady, no fue tarea fácil. Afortunadamente, pudimos contar con la ayuda de Élodie, una policía de Cannes. No dudó ni un segundo en echarnos una mano, aunque sabía que arriesgaba mucho.

Ahora que esta historia ha quedado atrás, podría ir a sentarme a una playa del sur de Francia, con los pies al aire. O incluso regalarme una pequeña escapada a otra ciudad de Europa. ¡Hay tantas cosas que ver en el viejo continente!

Pero no, hice una promesa y tengo la intención de cumplirla.

Le prometí a una linda rubia de ojos claros que podría regresar a su casa en Nueva York. Que volvería a abrazar a sus seres queridos.

Siempre cumplo mis promesas.

No ofrezco palabras vacías, solo la verdad. Incluso es una certeza, porque no suelo prometer a menudo. Para no decepcionar a quienes se las hago.

Empujo la puerta de la sala de reuniones del cuartel general de Ted. Nos conocimos cuando él también estaba al servicio del Tío Sam y luego, hace unos dos años, nos anunció que no regresaba y que dejaba el ejército para empezar en la seguridad privada. Nunca supe qué motivó su decisión. Se instaló aquí, en Mónaco, y si creo en la vista que tenemos desde sus oficinas sobre el puerto de Fontvieille, su negocio está más que floreciente.

Ken y Élodie ya están allí, Ted también. El único que falta soy yo.

«Gracias por estar aquí, chicos».

Hablo en francés por deferencia a Élodie. Los tres lo dominamos perfectamente gracias a nuestra formación en el DLIFLC [1], y aunque el inglés de la nueva novia de Ken no es nada malo, sé que ella aprecia el gesto. Sin embargo, no estoy seguro de que le entusiasme mucho ser percibida como un *chico*. Así que empiezo a corregirme...

«Bueno, digo...».

Pero ella me hace entender con una sonrisa que no le importa. Esta chica es una joya, de verdad. Espero que Ken se dé cuenta de esto. Una cabeza llena y un cuerpo que haría morir a un santo. En otras circunstancias... No, ni siquiera necesito terminar esta frase, porque sería mentir. Nunca se me ocurrió la idea de intentar seducirla. Tan pronto como la conocimos, supe que sería perfecta para mi amigo. Y no pasó mucho tiempo antes de que él también se diera cuenta.

Me siento frente al gran ventanal y deslizo hacia mis amigos carpetas que contienen toda la información que he podido recopilar hasta ahora.

En su lecho de muerte, esa escoria de Arkady tuvo la amabilidad de concederme un pequeño favor. El de darme un nombre, o más bien un apodo: *Il Santo*, "El Santo". Una pista que podría ayudarme a encontrar a Tiffany.

«Entonces, el hombre que investigué, que recibe el sobrenombre de 'Il Santo', se llama en realidad Vincenzo Gamboni y tiene 30 años. Su lugar oficial de residencia es Roma, pero tiene propiedades en todo el país. Oficialmente es comerciante de arte, pero la policía italiana sospecha que tiene vínculos con la mafia. Sobre todo, porque no hay que buscar muy lejos ya que algunos de sus tíos, o primos por parte de madre, forman parte de la Camorra [2]. El hecho de que nunca se haya demostrado su pertenencia al crimen organizado le valió su apodo. Algunos incluso piensan que ocupa un lugar muy alto en la cadena alimentaria».

Incluí varias fotos del hombre en el expediente.

«Es curioso, siempre imaginé a un jefe de la mafia como un viejo barrigón», comenta Ken después de mirar las fotos.

«Sí, da la impresión de ser un chico sacado de una revista de famosos», comenta Élodie.

«No creas que te equivocas», le expliqué. «Los periódicos del país de la bota lo adoran, sobre todo porque hay un elemento de misterio que gira en torno a él. Es guapo, tiene dinero, pero se porta de manera muy sensata. Casi demasiado. Es un verdadero santo».

«Pero entonces, ¿qué podría entusiasmarlos?», pregunta Élodie.

«El misterio», responde Ted, quien me ayudó en mi investigación. «Nadie sabe realmente quién es y eso intriga a la gente».

«El misterio y el drama. Perdió a su prometida hace cinco años en un accidente aéreo. Un jet privado de su propiedad. Se suponía que ella se reuniría con él en Sicilia, pero el avión se estrelló en el mar».

«Ya veo, el apuesto hombre de negocios inconsolable tras la trágica muerte de su amada. Y luego, ¿cómo crees que encaja Tiffany en esto?», pregunta Élodie.

«Eso todavía no lo he entendido. Pero pude comprobar que Gamboni estaba efectivamente en Cannes el día de la subasta. Y Christophe, el antiguo colega de Élodie, tuvo la amabilidad de enviarme fotografías de los invitados tomadas en la entrada. Él estaba allí y llevaba una rosa roja en el ojal».

No necesito explicarles lo que eso implica. Todos los hombres a los que se les permitió participar en la subasta organizada por Arkady llevaban una.

«¿Crees que la compró?», pregunta Élodie.

«La compró o la recuperó cuando se escapó, no lo sé. Pero estoy bastante seguro de que ella se fue con él».

«¿Cómo puedes estar tan seguro?», pregunta Ken.

«Tengo un contacto en el aeropuerto de Niza, donde estaba estacionado el avión de Gamboni. En el registro de pasajeros efectivamente había una mujer. Pero su nombre aparece como Elena Moretti y es de nacionalidad italiana. Al investigar más a fondo, me di cuenta de que esta misteriosa señorita Moretti parece no haber existido nunca antes de este año. No hay rastro de ella por ninguna parte». Es Ted quien completa la información.

«Bueno, una mujer viajaba con un nombre falso, pero no hay pruebas de que se trate de Tiffany», comenta Élodie.

«Por supuesto», continúa Ted. «Pero, sobornando a algunos tipos, logré obtener información adicional. Uno de los empleados de la terminal recuerda a una joven rubia, un poco aturdida. Y dos detalles parecen validar la hipótesis de que se trataba de Tiffany: era alta, más alta de lo normal, como ella, y sobre todo Gamboni le hablaba en inglés, ella no parecía entender una sola palabra de italiano».

---

1 DLIFLC : Defense Language Institute Foreign Language Center. El Centro de Lenguas Extranjeras del Instituto de Lenguas de la Defensa, es un instituto de investigación y educación de lenguas extranjeras del Departamento de Defensa de los Estados Unidos.

2 Camorra: mafia napolitana

4

___

TIFFANY

Mientras sigo a Amhale hasta las tumbonas junto a la piscina, me devano los sesos tratando de recordar cómo llegué aquí. Todo resulta en vano.

«…por mucho que me guste la lectura y el cine, llega un momento en que ya es suficiente», dice Amhale. «Porque no es con ellos con quien voy a tener una conversación interesante». Añade a sus comentarios un gesto hacia una casa más pequeña al otro extremo del jardín, cerca de una puerta de hierro forjado que parece ser la única abertura en el muro que cierra la propiedad.

«Disculpa», digo interrumpiendo a Amhale, «pero ¿dónde estamos?».

«En la Toscana», responde. «En la propiedad de Vincenzo».

«¿Vincenzo?», pregunto.

«Sí, Vincenzo Gamboni». Ella pronuncia este nombre como mi sobrina pronuncia el de Lady Gaga.

Sacudo la cabeza porque el nombre no significa nada para mí.

«En serio, ¿no sabes quién es?», me pregunta Amhale mirándome con incredulidad. «Pero entonces, ¿cómo llegaste hasta aquí?».

Esa es la pregunta del millón y no tengo la respuesta.

«Precisamente, no sé nada al respecto», le digo desconcertada.

Amhale se echa en su tumbona y con un gesto de la mano me invita a sentarme a su lado.

«¿Y tú?», le pregunto, sentándome frente a ella. «Qué haces aquí?».

«Estoy esperando», responde Amhale, suspirando.

«Qué estás esperando?».

«A decir verdad, realmente no sé. Fue mi agente quien me encontró este trabajo. Me puso el boleto de avión en la mano y me ordenó ir a Italia para un casting con un nuevo productor que está preparando su primera película».

«¿Y luego?», sigo con dudas.

«Me sorprendió porque soy modelo, no actriz. En fin, he hecho dos o tres comerciales, pero soy realista, no soy una gran actriz».

«¿Y conseguiste el papel?», le pregunto.

Por un momento pensé que estaba en Nueva York, sentada en uno de esos largos pasillos de las agencias de casting. ¿Cuántas veces había hecho esta pregunta a quienes salían de la oficina del agente de reclutamiento antes que yo?

Amhale se ríe y niega con la cabeza.

«En realidad, este casting es una burla», me explica. «Désirée, la chica francesa que estaba aquí cuando yo llegué… le habían pedido que viniera para una sesión de fotos. Una colección sabe trajes de baño en una villa toscana con piscina, súper bien pagada. Ella tampoco lo dudó».

«¿Y dónde está esta Désirée?», pregunto.

«Se fue».

Con un gesto de mi mano, la invito a contarme más.

«Bueno, una tarde ella estaba allí y al día siguiente ya no. El día que se fue vi a Vincenzo por primera vez».

Ella puntualiza sus comentarios con un suspiro soñador. Vaya, para ella no es Lady Gaga, es más bien uno de los actores Ryan Eggold o Shemar Moore.

«¿Y fue él quien te dijo que ella se había ido?».

«Sí, me admitió que en realidad no hubo sesión de fotos ni filmación, que todo era su forma de conocer mujeres lindas y que, como Désirée se lo tomó muy mal, inmediatamente la acompañó al aeropuerto para que regresara a casa».

Esta historia no tiene ni pies ni cabeza, al menos para mí, porque para Amhale tiene perfecto sentido.

«Después de eso, pasó una semana conmigo y llegamos a conocernos», continúa. Y no, no nos llegamos a *conocer* como se podría pensar», aclara entre comillas con los dedos. Paseamos por el campo, vimos películas, sí, arriba hay una sala de proyección con excelente sonido, hablamos durante mucho tiempo, cenamos solos y él se comportó como un perfecto caballero».

Escucho algo parecido al arrepentimiento en sus palabras.

Tiene la mirada vacía y soñadora de una chica enamorada.

«Y luego, tuvo una emergencia, uno de sus socios había hecho una estupidez, me dijo, y tenía que ocuparse de ello de inmediato. Me preguntó si podía esperarlo y obviamente que le dije que sí».

¡¿Obviamente?! No veo nada obvio en toda su historia. Admito que, si yo hubiera estado en su lugar, mi reacción habría sido más cercana a la de Désirée que a la suya.

«Eso fue hace quince días y desde entonces estoy aburrida como una ostra. Por eso, cuando ayer por la mañana el mayordomo anunció tu llegada, me alegré muchísimo. Admito que cuando te vi salir de la casa, me asusté un poco.

«¿En serio?»

«Sí, pensé que tal vez tendría competencia, pero ahora que te he visto bien, estoy tranquila».

Su discurso es tan asombroso que frunzo el ceño.

«Oh, discúlpame», reacciona. «No quise decir eso..., bueno, eres muy bonita, debes saberlo, pero no pertenecemos a la misma liga, tú y yo».

Su franqueza es tal que me eché a reír. Ya había conocido a chicas que confiaban en su apariencia, pero nunca había imaginado que alguien pudiera tener tanta confianza.

Levanto las manos como en señal de rendición y le respondo.

«Es cierto, no se puede negar que eres increíblemente hermosa».

Ella sonríe y me da un pequeño asentimiento como si fuera la realeza aceptando un cumplido de uno de sus vasallos.

«Y, de todos modos, no quiero permanecer mucho aquí, así que, si me explicas cómo puedo irme, te dejaré el lugar libre con tu príncipe azul».

El rostro de Amhale se ensombrece.

«Me temo que eso no es posible. Además, sería una tontería marcharse de inmediato. ¿No quieres pasar unos días conmigo, disfrutando de este pequeño rincón del paraíso?».

«¿No es posible?», pregunto asombrada.

«No, entiende que el chofer de Vincenzo se fue mientras tú dormías. Tomó el último auto y como estamos en medio de la nada…».

Ella no termina la frase, pero levanta las manos con las palmas hacia el cielo.

«¿Quizás podría llamar a un taxi?».

Ella niega con la cabeza.

«No, aquí estamos muy lejos de todo. No hay teléfono fijo y ni siquiera el 4G funciona. Cuando Vincenzo estuvo aquí, trajo su teléfono satelital. Con ese pude llamar a mi familia para decirles que todo estaba bien, pero él se lo llevó cuando se fue, así que es así, no tienes otra opción, tendrás que quedarte conmigo hasta que él regrese», declara con un aire de satisfacción antes de volver a ponerse boca abajo y desabrocharse la parte superior de su traje de baño.

Su comportamiento es tan sorprendente que no sé qué pensar de ella.

No creo ni por un segundo que esté actuando conmigo. De ser así, merecería un Oscar. Lo que creo es que es sorprendentemente ingenua.

No la voy a culpar porque yo también fui crédula.

Compré toda la perorata de Arkady.

Una película en Francia. Un primer papel para una estadounidense..., yo era el vivo retrato de la mujer que buscaba la producción...

¡No solo mordí el cebo, sino que lo devoré tragándome hasta el anzuelo!

Pero ahora no lo entiendo.

Me acaba de explicar que estamos privadas de toda posibilidad de salir o de contactar con el mundo exterior.

Entonces, ¿cómo es que no se da cuenta de que somos prisioneras?

Está cegada por el oro de la jaula, no puede ver los barrotes.

5

JIMMY

«¡Cielos! ¡Es como buscar una aguja en un pajar!», exclama Élodie, mientras ella, como el resto de nosotros, revisa páginas y páginas de datos sobre Vincenzo Gamboni.

Es cierto que nuestras pistas son escasas. Aparte de que el avión de Gamboni aterrizó en el aeropuerto de Florencia y sigue allí, tenemos poca información. Ted intentó utilizar sus conexiones, pero nadie pudo confirmarnos que Tiffany fuera vista allí.

«Florencia tiene casi 400.000 habitantes y comienza la temporada turística. Una mujer estadounidense tiene muchas posibilidades de pasar desapercibida», lo dice Ken con un suspiro.

«Por eso tenemos que encontrar algo», respondo, mientras siento que el desánimo se apodera de mí poco a poco.

«¡Esperen! Acabo de encontrar algo que podría ser interesante», nos dice Ted, que está usando en su rincón con una computadora portátil.

Inmediatamente, nuestros ojos se centran en él.

«¿Dijimos que básicamente nuestro hombre es un comerciante de arte?».

«Sí», confirmé.

«Bueno, pasado mañana hay una subasta en Siena. Acabo de ver algo en las redes sociales...».

Escribe algo y la espera me pone nervioso.

«¡Bingo!», exclama. «¿Adivinen quién está subastando una pintura de un maestro italiano del siglo XVI y un montón de chucherías más? ¡Vincenzo Gamboni!».

«Eso no significa que estará allí», señalo.

Ted gira su computadora hacia nosotros.

«No sería muy amable faltar al compromiso, lo han anunciado como el invitado de honor de la fiesta de inauguración de mañana por la noche. De hecho, el sitio web del evento muestra una breve descripción de la carrera *oficial* del hombre, así como su fotografía. También hay un discurso completo sobre lo honrados que se sienten de recibirlo, etc. Definitivamente, si no aparece, habrá gente desilusionada», nos comenta Ted.

«Entonces», recapitula Ken. «Sabemos que aterrizó en Florencia y que mañana por la tarde estará en Siena. Las dos ciudades no están muy lejos una de la otra. Podemos suponer que todavía se encuentra en la zona, ya que su avión no se ha movido».

Élodie rebusca entre sus papeles. Ella es quien tiene la lista de propiedades de Gamboni. «Tiene un apartamento en Florencia, pero lo descarto porque parece que lo alquila por un año. Además, durante sus visitas anteriores se hospedó en un hotel».

«¿Tiene una propiedad en Siena?», pregunté.

«No que yo recuerde», dice ella, todavía rebuscando en su lista. «Pero allí también puede llegar a un hotel».

Ya me imagino largas horas preguntando en los hoteles

de la ciudad que, de todos modos, no querrán darnos ninguna información.

«¿La región de Chianti está en la Toscana?», pregunta Élodie.

«Exactamente», confirma Ken. «¿Cómo es que yo lo sé y tú no que vives al lado?».

«Está a más de 400 kilómetros, no es así como yo llamaría estar *justo al lado*», refunfuña la joven.

«En la escala de Estados Unidos, es solo un brinco», dice Ken.

«Tal vez, pero, de todos modos, soy pésima con los viñedos, casi no bebo», murmura ella.

Ken parece sorprendido. Sé lo que piensa el que nunca rechaza una buena copa de vino. Ser francesa y no apreciar un buen vino es una especie de blasfemia.

«¿Entonces nunca bebes alcohol?», pregunta con voz inexpresiva, como si acabara de descubrir algo horrible en ella.

«Sí, de vez en cuando. No digo no a una copa de champán, y admito que tampoco digo no a un buen whisky».

Suspira aliviado y Ted se echa a reír.

«¡Uf! Si te gusta el whisky, Ken estará dispuesto a perdonarte todos tus defectos».

Ella le lanza una mirada inquisitiva y, aunque no quiero arruinar la fiesta, vuelvo al tema original.

«¿Chianti?».

«¡Sí, Chianti!», exclama Élodie. «Gamboni tiene un viñedo en esa región. Pero aparte de algunas construcciones agrícolas, no hay indicios de que haya una casa en la propiedad. Revisé en su sitio hace un momento...».

Todos nos acercamos a su pantalla, y efectivamente, parece haber unos almacenes destinados a la producción de vino, un pequeño local que alberga una tienda, y eso es todo.

Luego, Élodie busca un mapa catastral y tampoco aparece nada.

Estamos a punto de abandonar esta pista cuando Ted dice, «Esperen, voy a buscar una vista satelital reciente».

Escribe en su computadora y al instante aparecen fotografías aéreas. Hace zoom.

«La definición es impresionante», comento.

«No es Google Maps, son los mismos satélites que utiliza nuestro querido ejército», responde Ted.

«¿Qué es esto aquí?», pregunto, señalando lo que parece una enorme villa con piscina.

Élodie echa un vistazo a su plano.

«Según los planos catastrales forma parte de la propiedad, pero no está marcado. Aunque tal vez el documento no esté actualizado...», nos comenta ella.

«Parece que nuestro amigo Gamboni se hizo construir un pequeño refugio», declara Ted.

«¿Un refugio? ¿Viste el tamaño de esa cosa? En comparación, mi casa parece la casa de un perro», señala Ken.

«¿Creen que podría estar allí?», Élodie pregunta.

Paso una mano por mi cabello rubio.

«No lo sé. Quizás hoy no, pero si mañana tiene que viajar a la región, es una posibilidad. Al hombre le gusta pasar desapercibido, así que ¿por qué ir a un hotel cuando puede estar fuera de la vista de miradas curiosas en un lugar cómodo? Pero también podría estar equivocado».

«¿Saben qué?», dice Ted, «creo que deberíamos ir allí. No tenemos la certeza de que Gamboni o Tiffany estén en el lugar, pero sabemos que hay muchas posibilidades de que mañana ésté en la región, por lo que siempre será mejor estar en Italia para buscar información, en lugar de quedarnos aquí en Mónaco. Hay un vuelo que sale de Niza en unas horas, con un poco de suerte puedo conseguir boletos en unos minutos.

Observo a mis amigos. Ken acaba de encontrar a su hermana y Élodie se está recuperando de su lesión.

«Puedo ir allí solo. Pueden serme útiles desde aquí», les digo.

«Yo voy», me informa Ted.

Mi mirada se dirige a la pareja. Creo que ambos preferirán pasar unos días aquí, en lugar de perseguir en otro lugar a un nuevo delincuente.

«¿De verdad crees que vamos a dejar que te las arregles solo?», Élodie me pregunta con una sonrisa.

«La señora tiene razón, ¿estás sugiriendo que te abandone ahora que me necesitas?», agrega Ken. «No dudaste ni un segundo cuando llegó el momento de acudir en ayuda de Madison».

«Gracias chicos, lo aprecio», les respondo con una sonrisa.

Ted concluye. «¡Bueno, parece que volaremos a Italia!».

6

TIFFANY

«¿No es hermosa la vida?», me pregunta Amhale mientras terminamos un delicioso almuerzo.

A sus frescos dieciocho años, Amhale ve la vida con lentes color de rosa. Ella no comprende mis motivos para quejarme, especialmente cuando estamos suntuosamente alojadas en un pequeño palacio italiano, deleitándonos con verduras de la huerta y viviendo a expensas del rico italiano.

Ella cree que se trata de un malentendido, que no importa, que Vincenzo solucionará todo cuando regrese. Mientras tanto, debería disfrutarlo, saboreando la *dolce vita*.

Las demás personas presentes dentro de los confines de nuestra encantadora prisión no me son de ninguna ayuda. Es toda una familia la que cuida de nosotros y de la propiedad. Son muy acogedores, pero solo hablan italiano.

Intenté hacer una mímica de una conversación telefónica, pero fue inútil. Si hay que creer en sus respuestas, parece que nadie tiene un teléfono.

No es posible. Me niego a admitir que en el siglo XXI en

Europa todavía hay lugares donde no se dispone de medios de comunicación modernos.

«¿Adónde vas?», me pregunta Amhale. «Yo voy a volver a la piscina».

«Me reuniré contigo en un momento».

«Si no te bronceas, quedarás blanca como una aspirina», bromea.

«Si salgo al sol a esta hora me pondré roja como un tomate».

«Haz como gustes», responde ella, volviendo a tomar el sol.

«Hasta luego. Voy a encontrar algo en qué ocuparme», le respondo.

De hecho, voy a continuar mi búsqueda minuciosa del lugar.

Ayer recorrí la propiedad. El muro circundante tiene una sola abertura, la pesada puerta de hierro forjado que tiene doble cerradura.

Esta mañana exploré la planta baja de la casa. Pensé que había ganado el premio gordo cuando encontré una computadora portátil en uno de los pequeños salones, pero imposible de conectar a una red. Esta máquina nunca ha explorado Internet. Incluso el historial de su software de navegación está irremediablemente en blanco. En el disco duro, tres películas y algo de música. Nada de interés.

En el programa de esta tarde tocará revisar el primer piso.

Subo lentamente la monumental escalera, admirando los retratos que cuelgan de las paredes. ¿Serán estos los adustos antepasados del propietario o completos desconocidos a los que ha decidido adoptar para crear una galería de ancestros?

En el rellano del primer piso solo hay dos puertas. La primera está entreabierta y da acceso a una enorme biblioteca. Empujo la puerta para entrar. Del suelo al techo, estanterías llenas de libros… libros bonitos, viejos, encuadernados. Camino por la habitación, pasando los dedos por las encuadernaciones de magníficas obras.

En el centro de la habitación hay un gran escritorio, y sobre él unos cuantos blocs cubiertos de notas, con una hermosa caligrafía inclinada y regular, perfectamente legible. Parece ser italiano. No hay forma de saber si es la lista de compras o algo importante.

Me siento en el bonito sillón frente al escritorio y abro los cajones. Allí tampoco hay nada interesante. Solo unos cuantos bolígrafos y un paquete de blocs en blanco. Me recuesto en el asiento y percibo algo duro en la parte inferior del cojín del respaldo. Deslizo mi mano detrás de mi espalda. Es una memoria USB. Debió caerse del bolsillo del último ocupante del asiento.

«¡No, no, no!». Plumero en mano, grita una de las amas de llaves cuando me descubre en la habitación. No es necesario hablar su idioma para comprender que mi presencia aquí no es bienvenida.

Se lanza a una larga diatriba salpicada de grandes gestos.

El significado de las palabras se me escapa, pero el mensaje es perfectamente claro: no tengo nada que hacer aquí.

«*Scusi, scusi*», le digo, casi feliz de tener la oportunidad de usar el poco italiano que conozco.

Salgo de la habitación rápidamente. Solo cuando estoy en el rellano me doy cuenta de que llevo en la mano la memoria USB. Me doy la vuelta cuando la joven cierra la puerta. Mientras ella continúa gritando, es mejor mantener un perfil bajo, así que la meto en mi bolsillo. Y como vuelvo a estar sola, pruebo suerte con la segunda puerta. No, esta está cerrada. Probablemente aquí es donde se encuentra la suite principal… donde se ocultan los medios de comunicación.

Sacudo la cabeza mientras bajo las escaleras.

No, no me harán creer que alguien que tenga la suerte de permitirse una residencia así, y el personal que la acompaña para velar por su perfecto mantenimiento, no haya encontrado la manera de conectarse con el mundo exterior. ¡La 4G ya debería estar disponible en Italia!

«Señorita Gimbles, qué placer volver a verla».

Una hermosa voz baja teñida de acento italiano me hace saltar.

Su dueño está al pie de las escaleras. Su sonrisa es extraña, forzada, como si le molestara encontrarme aquí.

¿Verme de nuevo? No importa cuánto lo piense, estoy dispuesta a jurar que nunca lo había visto antes de hoy. Pero me lo guardo para mí. A ningún hombre le gusta saber que no dejó ninguna impresión en un encuentro anterior.

«Señor Gamboni», digo, imaginando que es el dueño del lugar. «Admiraba su colección de pinturas. Me preguntaba si estos eran sus antepasados».

La sonrisa artificial se desvanece para dar paso a una verdadera hilaridad. El hombre niega vigorosamente con la cabeza.

«No, ninguna relación… aunque… nunca se sabe, bajo su apariencia de buenos cristianos quizás se escondían unos sinvergüenzas que plantaron sus semillas de bastardos en el campo napolitano».

Extiende su brazo hacia mí como para invitarme a completar el descenso de las escaleras y unirme a él. Le obedezco observándolo.

Es un hombre guapo. Bastante alto, bastante elegante, de piel bronceada, morena, muy morena. No puedo darle una edad. Es joven. En cualquier caso, no tiene cuarenta años.

Entiendo por qué Amhale podría haber caído bajo su encanto. Es atractivo, *muy* atractivo, eso es innegable; pero lo que es igualmente importante es que él también es demasiado mayor para ella.

Él viene a mi encuentro y toma mi mano.

«Venga, querida, tenemos que hablar», me dijo. «Y no se preocupe, responderé a todas sus preguntas».

7

JIMMY

«Estoy decepcionado, Ted. Tú que nos has acostumbrado en los últimos días a helicópteros, coches con chofer, armas avanzadas, nos estás haciendo tomar un vuelo comercial...», bromea Ken.

Ted le lanza una mirada molesta, pero no levanta la vista. Todavía tendré que hacerle algunas preguntas a nuestro amigo. Dejó el ejército estadounidense hace apenas dos años. ¿Cómo consiguió montar su empresa de seguridad y lograr que tuviera tanto éxito en tan poco tiempo?

Pero el momento me parece malo y yo mismo no tengo ganas de iniciarlo. Todos mis pensamientos se dirigen a Tiffany y a ese Gamboni que no me inspira nada bueno.

Yo, que me quedo dormido en todos lados y en poco tiempo, no pegué ojo en el avión. Eso significa que mi mente está preocupada.

Recogemos nuestras bolsas de la cinta transportadora y Ted nos hace un gesto para que lo sigamos. Salimos de la zona reservada a los viajeros y nos dirigimos en dirección a las empresas de alquiler de coches. Pero Ted pasa junto a los operadores tradicionales y llega a un elegante mostrador al final de la terminal. Ninguna marca, solo una joven vestida de etiqueta en blanco: lujo y discreción.

La recepcionista nos sonríe.

«Señor Carter, bienvenido a Italia».

Ella le entrega una llave. No es necesario completar ningún papeleo ni tomar huellas de tarjetas de crédito. Entiendo un poco mejor lo que nuestro amigo hacía con la nariz en el teléfono al abordar, estaba gestionando la logística.

«¿Se preparó el coche según lo acordado?», pregunta Ted.

«Seguro, seguimos sus instrucciones al pie de la letra. Parte del equipo está en el maletero».

Ella le entrega otra llave, que se parece más a la de una puerta de entrada, y declara:

«La dirección ya está ingresada en el GPS, y el resto de lo que solicitó se lo entregarán en el sitio».

Ted le agradece asintiendo y luego nos dice, «En marcha».

En el estacionamiento encontramos un 4x4 nuevo. Ted abre el maletero para dejarnos meter nuestras cosas y, de paso, comprueba el contenido de una bolsa de deporte que ya está allí. Teléfono satelital, laptop, binoculares, equipos de vigilancia, principalmente.

«Todo eso está bien, pero ¿cómo nos vamos a defender?», pregunta Ken.

Élodie lo mira medio sorprendida y medio ofendida. Ted responde cerrando el maletero, «No te preocupes, mi contacto tiene todo planeado. Encontraremos todo eso en el siguiente paso».

Me acerco a él y le digo, «Gracias amigo, no sé qué

haríamos sin ti. Lamento que te estemos causando tantos problemas».

Me da una gran sonrisa, «Estás bromeando, hacía meses que no me divertía tanto. Es mucho más emocionante que vigilar las villas de los ricos».

Luego nos subimos al coche. Ted se pone al volante, yo me siento delante para dejar el asiento trasero a Ken y Élodie.

«¿Es largo el viaje?», pregunta esta última mientras se abrocha el cinturón.

«Poco menos de una hora», respondo, confiando en la información del GPS.

Ted se pone en marcha y muy rápidamente dejamos la ciudad hacia paisajes más pintorescos: colinas, campos de viñedos y olivos hasta donde alcanza la vista. El mismo cliché que tenemos de la Toscana verde. Si estuviera de vacaciones, estaría en el cielo. Como alguien que siempre ha soñado con visitar Europa, me hubiera gustado disfrutarla más. Prometo volver algún día. ¿O tal vez, una vez que todo esto termine, podría quedarme un rato más?

En mi mente se forma una imagen en la que estoy sentado en la mesa de un pequeño restaurante local. El sol poniente brilla de color rojo antes de desaparecer y dar paso a una noche estrellada. Disfruto de un plato de pasta, mientras una suave música flota en el aire. Frente a mí se sienta Tiffany...

Sacudo la cabeza. No, pero ¿por qué tengo esos pensamientos? Parece una de esas comedias románticas que mis ex me obligaban a ver. La falta de sueño está friendo mis neuronas. De todos modos, ¿no debería intentar tomar una pequeña siesta en el coche? Sospecho que las próximas horas van a ser bastante intensas.

Cierro los ojos, pero como cada vez que lo hago en los

últimos días, es la misma imagen la que se imprime detrás de mis párpados cerrados: los ojos claros de Tiffany que se fijan en los míos, la esperanza que por un instante cruza su mirada. Y mis palabras, «Te rescataremos de ahí, lo prometo».

Abro los ojos, Ted anuncia, «Está justo ahí. Intentaré de estacionar el coche detrás, llamará menos la atención.

Ante nosotros se alza una pequeña casa de piedra de una sola planta. Una enredadera corre sobre un pabellón, altos cipreses crean una barrera para protegerlo.

Nos bajamos del 4x4 y Ken nos comenta, «Es perfecto, desde donde estamos no podemos perdernos a la gente que llegue».

De hecho, desde lo alto de la colina, tenemos una vista perfecta de la única vía de acceso. A lo lejos nos encontramos ante un pequeño pueblo. Algunas casas están agrupadas en una cima rocosa con un campanario en el centro. Nos encontramos muy lejos de las bulliciosas calles de Roma o Florencia.

«Echemos un vistazo al interior», dice Ted.

La decoración contrasta con el exterior. Todo es nuevo y huele a limpio. Recorremos las estancias y llegamos a un gran salón donde se ha habilitado una mesa de trabajo con equipamiento informático de última generación. Algo me dice que esta instalación no es la versión de *alquiler para público en general*. Una cocina abierta y un lavadero completan este nivel. Arriba hay tres dormitorios y un baño.

Ted regresa a la cocina y empuja una puerta que abre un trastero. Excepto que, en lugar de estar lleno de productos enlatados y paquetes de pasta, contiene un arsenal de un tipo completamente diferente. Rifles, pistolas, granadas, hay para todos los gustos.

«¡Me encantan las casas de vacaciones totalmente equipadas!», yo exclamo.

Ted, Ken y yo somos como tres niños frente a los regalos de Navidad. Pesamos, examinamos cada arma, cada munición. Solo después de unos minutos Élodie nos llama al orden.

«¡Chicos! Guarden los juguetes, tenemos trabajo por delante».

Mientras nos reunimos con ella en la sala de estar, donde ya se ha instalado detrás de una computadora, me vuelvo a concentrar en nuestra misión.

Vamos a traer de vuelta a Tiffany y, efectivamente, no hay ni un minuto que perder.

8

TIFFANY

Gamboni me toma de la mano, como un príncipe pavoneándose en la corte en las películas de época. Es innegable que el entorno se presta a ello, pero no la situación. Sin embargo, le sigo el juego y no es que realmente tenga otra opción. Aquí, el que está en la posición de poder es él, y no veo cómo eso podría cambiar.

Al llegar a uno de los salones de la planta baja, me invita a sentarme en un bonito sillón orejero tapizado de seda y se sienta frente a mí en un pequeño sofá de dos plazas tapizado del mismo tejido.

«Me imagino que tiene algunas preguntas», dijo, sacando una caja de su bolsillo que resultó contener dos puros.

«¿No la molesta si fumo?», antes de que tenga tiempo de responder, me pregunta.

Sacudo la cabeza. No, el humo no me molesta. Curiosamente, aunque nunca sucumbí al tabaco, siempre encontré el olor agradable y el ritual fascinante.

Gamboni se entrega a todos los gestos ceremoniosos de los fieles de La Habana. Comienza haciendo rodar el largo tubo de hojas marrones entre sus dedos, escuchando cómo cruje. Sin duda satisfecho con el resultado, lo huele mientras cierra los ojos. Finalmente, saca un cortapuros de su bolsillo para crear la muesca que le permitirá envenenarse suavemente. Se levanta y camina hacia la chimenea, y dándome la espalda enciende una cerilla.

Dejo pasar el tiempo, imaginando que es un momento precioso que no debo desperdiciar, si quiero que él permanezca de buen humor hacia mí, en lo que parece.

Finalmente se da vuelta en una nube de humo azul y regresa a su lugar.

«Así que», dijo con voz afable. «Es mi invitada».

Frunzo el ceño y luego me obligo a relajar la cara.

Él continúa. «Sí, sí lo sé. Esta invitación no fue hecha de manera convencional y no tengo dudas de que, si fuera por usted, ya habría huido».

Da una calada a su puro y suelta una nube de humo. «Y, además, nadie puede culparle por eso. Yo también, si me despertara en una casa extraña sin recordar exactamente cómo llegué allí, intentaría salir para averiguar más».

Él estudia mi reacción. No tengo ninguna. Al menos, eso espero.

«Pero como habrá notado, no le he dado la oportunidad».

Asiento con la cabeza.

«Entonces, ahí lo tiene..., es desesperante este tipo de lenguaje. Tengo que corregirme, de lo contrario terminaré hablando como los niños que puntúan sus oraciones con "ya sabes" o "me gusta" todo el tiempo».

A mi pesar sonrío, porque dado su tono pedante, su forma de expresarse nunca podría acercarse a la de los niños.

«Pero me estoy desviando del tema. Es uno de mis hábitos molestos. Aunque no dejo que elija no hacerme compañía, le ofrezco la oportunidad de decidir cómo quiere vivir su estancia aquí», me dice.

Gamboni se hunde en su asiento, extiende un brazo sobre el respaldo del sofá y cruza las piernas, con un suspiro de satisfacción. Un auténtico felino.

«Primero, puede decidir vivir esta experiencia como lo hace la encantadora Amhale. Ella decidió que su estancia aquí sería un cuento de hadas, un paréntesis encantado en su vida. No se equivoque, es mucho más astuta de lo que parece. Creo que después de conocer a Désirée, comprendió inmediatamente que le iría mejor interpretando a la idiota deslumbrante».

Asiento de nuevo mientras asimilo esta información. Para su edad, Amhale muestra una gran sabiduría. Su instinto de supervivencia la convirtió en la mejor actriz. Realmente pensé que estaba feliz de estar aquí.

«¿Y la segunda opción?», le pregunto después de esperar en vano a que retome sus explicaciones.

Mi pregunta desencadena una verdadera metamorfosis.

Gamboni coloca su cigarro en lo que pensé que era un plato de cristal, pero que probablemente debe ser un cenicero. Se inclina hacia mí, con las manos entrelazadas como en oración. Todo rastro de buen carácter ha desaparecido. Es con una cara completamente diferente que responde a mi pregunta.

«Realmente no hay una segunda opción», dice, pronunciando cada sílaba como una persona con problemas de audición. «He pagado una pequeña fortuna por el placer de su compañía, señorita Gimbles, y tengo intención de sacar provecho de mi dinero».

La crueldad que brilla en sus ojos no deja dudas de que no está bromeando.

«Entiendo», dije en voz baja. «Pero en estas condiciones tengo otra pregunta. ¿Qué espera exactamente de mí?».

Mi respuesta parece satisfacerlo ya que toma su puro y una vez más muestra su máscara de criatura civilizada.

«Sabía que es una joven inteligente», dice en tono satisfecho.

No estoy muy segura. Una joven inteligente no habría seguido a Arkady Ouchkine a Cannes.

«Su misión será satisfacer una necesidad que tengo..., una necesidad muy especial y para la que me será de gran utilidad.

Mi imaginación galopante pasa por mi cerebro imágenes de cámaras de tortura medievales. Sacudo la cabeza para ahuyentar estas visiones de horror.

Gamboni frunce el ceño como si intentara interpretar el significado de mi gesto.

«Siempre logro mis objetivos», añade. «Pero la experiencia será mucho más placentera para usted si acepta colaborar, señorita Gimbles. No me gusta drogar a mis parejas...».

Ya no tengo dudas, estoy ante un auténtico psicópata. Creo que es absolutamente honesto. En su cabeza, él no es el problema, no, es la víctima que no quiere jugar ningún juego perverso y por eso se ve forzado a drogar.

Me viene a la mente una nueva pregunta y dudo en formularla, porque no tengo forma de verificar si responderá con sinceridad o no. Pero la única forma de saberlo es haciéndola.

«Pero cuando su experiencia es... satisfactoria, ¿muestra agradecimiento a sus parejas?»

Sonríe porque entiende perfectamente que lo que realmente le pregunto es si tengo posibilidades de salir viva de aquí.

«Vamos, señorita Gimbles, usted ya sabe la respuesta a esa pregunta, ¿no?».

Tiene razón. Este enfermo no deja que ninguna de sus víctimas se vaya.

Mi única salida es escapar.

9

———

JIMMY

¿Cómo saber si un hombre tiene cosas que ocultar? ¡Cuando asegura su casa perdida entre los viñedos de la Toscana como si fuera la puta Casa Blanca!

Cámaras en cada rincón, guardias, muros tan altos como los de una prisión. Supongo que la mayoría de la gente debe pensar que Vincenzo Gamboni toma tantas precauciones porque, como buen comerciante de arte que se respeta, tiene obras de valor incalculable en su propiedad. Pero cualquiera con una formación un poco más avanzada en seguridad, como los miembros de mi equipo o yo, se dará cuenta rápidamente de que todos estos sistemas no solo están diseñados para proteger la villa de posibles atacantes. También están ahí para impedir que la gente que vive allí pueda salir…

Una magnífica prisión dorada, perdida en medio de los viñedos. Si alguien consiguiera escapar, lo que sería bastante excepcional, tendría que enfrentarse a otro problema: tendría que caminar kilómetros con media docena de guardias pisándole los talones, y pocas maneras de ocultarse. De hecho, la casa está sola en el campo y a buena distancia del primer pueblo.

«¡Maldita sea, ni siquiera estamos seguros de que esté aquí!». Me exaspero porque llevo horas escondiéndome con Ted a unos cientos de metros del lugar para no llamar la atención.

En las 24 horas desde que llegamos a la zona eso es todo lo que hemos hecho: observar. Y aunque las largas horas pasadas tumbados en el polvo de Oriente Medio fueron agotadoras, estas son aún peores. No por las condiciones, sino simplemente porque tengo la impresión de que quizás lo estemos haciendo en balde.

Ken y Élodie hicieron una escapada romántica a los viñedos. Después de probar los vinos de la propiedad Gamboni en la boutique, caminaron de la mano hacia la villa, solo para verlo todo más de cerca. No pasó mucho tiempo hasta que apareció un guardia y les pidió que fueran a pasear a otro lugar.

Desde entonces alternamos la guardia, atentos a la más mínima pista. Y no hemos conseguido mucho.

«Ya sabemos que Gamboni está ahí, eso no está mal», señala Ted.

«¿Y? Bien podría haber enviado a Tiffany al otro lado del país para reunirse con ella más tarde».

«Bueno, simplemente tendremos que seguirlo. Acabará yendo a buscarla. Si ha invertido en esta chica, no será en vano».

Llevo horas intentando consolarme con esta teoría, aunque de alguna manera no sea muy tranquilizadora. Solo Dios sabe qué podría exigirle un cabrón como él, aunque ya tengo una idea.

La verdad es que tengo la sensación de que Tiffany no está muy lejos. No podría explicarlo, pero algo muy profundo en mis entrañas me lo dice. Y eso es lo que lo hace aún más frustrante: saber que ella podría estar a unos cientos de metros de distancia y que no hay mucho que pueda hacer por ella.

«Hay movimiento frente a la entrada», nos anuncia Ken por el auricular.

«El chofer de Gamboni acaba de hacer avanzar el coche».

Ted mira su reloj.

«Dada la hora, Gamboni debería partir pronto para la velada de inauguración en Siena. Debemos estar preparados para hacer lo mismo».

Yo, creo que es poco probable que encuentre a Tiffany allí.

«Alguien está saliendo de casa», anuncia Élodie. «Parece Gamboni».

Desde donde estoy no tengo el mismo ángulo que mis amigos y no puedo ver el porche de la propiedad. Esta situación me molesta muchísimo.

«Gamboni se ha quedado quieto, como si esperara a alguien».

Mi corazón se acelera. Tengo una vocecita gritando en el fondo de mi cabeza que podría ser ella. ¿Por qué la llevaría a un evento social? Ni idea. Pero eso es lo que hacen los hombres como él, ¿no? Les gusta desfilar con chicas guapas en brazos. Y Tiffany es muy hermosa.

Desde que la conocí y me comprometí a ayudarla, he visto cientos de fotos de ella. Me enteré de que ella sueña con ser actriz y que, a pesar de pequeños papeles, aún no ha logrado abrirse paso en Broadway. Así que, para llegar a fin de mes, trabaja como mesera en un café local. Las fotos de ella son fáciles de obtener. En las páginas de los representantes de actores, aparece a veces sonriente, a veces sensual, a veces traviesa, tanto en color como en blanco y negro. Pero la foto que prefiero es la que ella eligió para sus redes sociales. Una instantánea tomada in situ, en una playa de arena, no sé dónde. Con el pelo volando por el viento, rebosa vida y belleza, ríe. No tiene nada en común con la chica medio drogada que tuve en mis brazos durante unos momentos en Cannes. Sigo mirando esta foto en mi teléfono. Ella me acompaña a través del insomnio que ahora llena mis días y que a veces me pregunto. ¿Quién habrá tomado essa foto? ¿Un amigo? ¿Un amante? También me pregunto por qué se ríe y me prometo nuevamente que haré todo lo posible para devolverle esa sonrisa.

«¡Hay una mujer saliendo de la casa!», exclama Ken.

La esperanza se reaviva, espero la más mínima palabra que diga. Pero al segundo siguiente, todo se derrumba. «No es Tiffany», confirma Ken.

«¿Estás seguro?», pregunto, tratando de convencerme de que tal vez él no la reconoció.

«Afirmativo. La chica no se parece a ella. Esta mujer es morena».

«Gamboni bien podría haber…», intento decir.

Pero Ken no me deja terminar mi frase. «Jimmy, esta chica es de raza negra. No es Tiffany».

Todas mis esperanzas caen como una bofetada.

Maldita sea, Tiffany, ¿dónde te escondes?

10

TIFFANY

Desde la sala de estar, observo al conductor ayudar a Amhale a subir al coche. Por un momento, antes de que se cierre la puerta, nuestras miradas se encuentran. La suya está vacía. Apostaría mi vida a que ella ni siquiera me vio.

La joven despreocupada que conocí hace dos días ha desaparecido.

Esa noche, Gamboni debió robarle el alma.

Esta noche, se deshará de su cuerpo.

La señora de la limpieza más vieja coloca una bolsa en el maletero. Contiene todas las pertenencias de la joven. La vi recorrer la casa, con esta bolsa en la mano, para meter todo lo que Amhale había dejado tirado.

El único rastro que queda de su tiempo aquí es el traje de baño que me prestó cuando finalmente me convenció para unirme a ella en la piscina.

La camiseta que todavía uso.

«Adiós Amhale», susurro sin siquiera intentar contener las lágrimas.

Camino hasta la puerta para seguir al sedán mientras se

aleja. Pongo mis manos sobre el metal aún caliente y escucho una carcajada malvada detrás de mí. Miro hacia atrás. Es uno de los empleados que se burla de mí. Socava los gestos de un prisionero que intenta sacudir los barrotes de su jaula. Vuelvo a girar la cara hacia la carretera, el coche se ha salido de mi campo de visión. Lo único que queda ante mí es un paisaje espléndido, un campo desprovisto de la mínima alma viviente.

Mi universo se reduce a la propiedad de Gamboni. Ahora que Amhale se ha ido, estoy sola en el mundo. Los cómplices de Gamboni no cuentan. Para mí es como si no existieran. Su cobardía frente a su patrón los priva del derecho a pretender pertenecer al género humano...

Sacudo la cabeza para aclararme la cabeza. El melodrama no es lo mío. Sin embargo, he actuado en más dramas que comedias. ¿Por qué? Porque llamé la atención de un agente de casting de una serie de detectives. Y, además, actuar es una palabra importante para pequeños papeles secundarios con una o dos líneas en los días grandes. No es mucho, pero así se empieza.

Lentamente, le doy la espalda a la puerta y entro a la casa.

Después de una buena ducha, salgo al jardín. Me puse pantalón y sudadera de manga larga para no ser cena de los mosquitos.

Este lado de la propiedad es perfectamente silencioso. Nada sorprendente. El horario de la casa parece establecido como un reloj. Cuando el jefe no está, los ratones bailan.

En este momento, todas las mujeres están en la cocina

viendo la televisión, los hombres han sacado sillas delante de la puerta y fuman y charlan.

Supongo que en teoría se supone que deberían estar vigilándome, pero ¿cuál es el punto? Las paredes son demasiado altas para que yo pueda escalarlas y, conociendo a mi anfitrión, no sería sorprendente que estuvieran cubiertas de botellas rotas, por si acaso. En realidad, solo hay una forma de salir y es por la puerta principal.

Aunque sé que está cerrada con llave y rematada con puntas afiladas, la puerta me atrae irresistiblemente.

Incluso si no puedo abrirla, es mi ventana a la libertad, la apertura que me recuerda que la vida continúa, aunque se haya detenido para Amhale.

Ocupo mi lugar frente a la puerta, con las manos apoyadas en los barrotes, en la misma posición que uno de mis guardias estaba imitando un poco antes.

«¡Tiffany!».

Me pareció oír mi nombre susurrado desde el otro lado de la pared.

«¡Tiffany!».

No lo soñé.

Es una voz de hombre, una hermosa voz de bajo. Parece ser la de Jimmy. Solo lo escuché una vez a través de la bruma de las drogas que Arkady me había dado, pero permaneció grabado en mi memoria.

Miro a través de los barrotes de la puerta.

Ya está demasiado oscuro para distinguir algo, pero ni siquiera puedo ver una sombra moviéndose.

«¿Jimmy?».

Mi voz es solo un susurro, porque no me atrevo a creerlo.

«Sí, soy yo».

Yo, que nunca lloro, tengo lágrimas en los ojos por segunda vez ese día.

«¿Viniste a buscarme?».

Tan pronto como dije estas palabras, me reí entre sollozos. ¡Qué pregunta tan estúpida! ¡Por supuesto que él está aquí para ayudarme!

«Me gustaría que retrocedieras un poco, hemos colocado unos C3 en las bisagras y…».

«Entendido», me muevo.

Le doy la espalda a la entrada y me dirijo lentamente hacia la casa.

Levanto la cabeza como si admirara el cielo, pero en realidad miro discretamente a la cámara en el techo. ¿Hay alguien del otro lado mirando? Puede que no. Ahora que conozco al tipo, me digo que Gamboni perfectamente podría haberlas colocado ahí para intimidarnos, un poco como la gente que cuelga carteles de "Perro Peligroso" cuando lo único que tienen es un perrito adorable e inofensivo.

En menos de un minuto lo descubriré.

Doy otra vuelta en U, justo a tiempo para ver cómo se derrumba la puerta.

El sonido de la explosión es ensordecedor. Hasta el punto de eclipsar lo que hace el pesado portal al romperse en el suelo.

Unos segundos más tarde, es Jimmy quien se encuentra donde estaba la puerta de mi prisión. Leo sus labios más de lo que escucho su invitación a unirme a él.

«Vamos!», me grita.

Extiende su mano hacia mí como lo hizo Gamboni anoche al pie de las escaleras.

Es una locura cómo un mismo gesto puede provocar una reacción tan diferente.

Sin la menor vacilación de mi parte, corro hacia él.

Excepto que no puedo.

De la nada, una mano fuerte aterriza en mi brazo y me jala hacia atrás.

De lo más profundo de mi memoria surge un consejo que escuché en mi infancia:

¡Haz el peso muerto!

Entonces me desplomo como un muñeco de trapo.

El secuaz de Gamboni intenta detenerme apretando su bíceps con más fuerza.

Apoyada, jalo con todas mis fuerzas para liberarme.

Y de repente me suelta.

Llevada por mi impulso, caigo… solo tengo tiempo de ver una mancha de sangre formándose en su frente antes de que mi cabeza golpee el suelo violentamente.

11

JIMMY

Puta mierda.

Acabo de derribar al guardia que intentó atrapar a Tiffany. Una bala entre los dos ojos. Preciso, eficiente, como siempre.

Pero el sonido de la explosión debió llamar la atención, a menos que fueran las imágenes de videovigilancia, porque decenas de guardias llegan corriendo en mi dirección.

Tiffany todavía está en el suelo.

Corro hacia ella. Observo con alivio que intenta levantarse, pero parece aturdida. Le ofrezco mi mano.

«Puedes caminar, ¿lo crees?».

Siento que tal vez tenga que volver a disparar en unos segundos, y llevarla cargada podría parecer complicado. Por ahora, Ken y Élodie intentan crear una distracción. Veo por el rabillo del ojo que mi compañero mata a un guardia. Élodie lastima a otro.

«Sí, creo que llegaré allí».

Le tomo la mano y ella se levanta.

«Corre tan rápido como puedas».

Nos dirigimos a gran velocidad hacia el coche. Sostengo

la mano de Tiffany con fuerza en la mía y ella se aferra a mí como si fuera su única oportunidad de seguir con vida.

Al vernos venir, Ted corre hacia nosotros. Detiene el auto, abro la puerta y empujo a Tiffany hacia adentro.

«¡Sube!».

Parece angustiada cuando ve que no voy a seguirla.

«¡Ahora regreso!».

Cierro la puerta y corro hacia Ken y Élodie. Me toma un segundo darme cuenta de lo que está pasando. Hay varios cadáveres heridos o muertos en el suelo y observo con alivio que mis amigos no se encuentran entre ellos.

Solo hace falta una mirada a Ken para que procese lo que estoy tratando de decirle.

Agarra a Élodie por el brazo y grita:

«¡Vámonos de aquí!».

Les cubro las espaldas. Es lo menos que podemos hacer. Afortunadamente, la mayoría de los guardias de Gamboni no parecen haber tenido el mismo entrenamiento que nosotros. Quizás reclutó a agricultores locales y les dio armas. Sin duda, es suficiente para aterrorizar a las mujeres jóvenes y disuadir a los ladrones de poca monta, pero aparentemente no había planeado un asalto real.

Efectivamente, podemos calificar nuestra operación improvisada como un asalto real.

Disparo por última vez y corro hacia el 4x4. Ken tomó su lugar al frente, yo corrí hacia atrás. Ted se marcha, creando una nube de humo en el pequeño camino de tierra. Para cuando el resto de cabrones piensen en subirse a sus coches, ya estaremos muy lejos.

Pasan unos segundos de silencio. Élodie gira constantemente la cabeza para ver si alguien nos sigue. Y Ted vigila el espejo retrovisor. Por mi parte, primero necesito calmarme antes de poder hacer algo.

«¡Carajo! ¡Se armó un caos! Tuvimos suerte de encontrarnos con aficionados; de lo contrario, ¡todos nos hubiéramos quedado allí!», grita Ken, golpeando el tablero.

No dudó en decirnos que atacar así en campo abierto era pura locura. No está del todo equivocado. Pero no puedo evitar responder, «Lo hicimos, eso es lo único que importa, ¿no?».

«¿Estás bromeando? ¡Élodie casi recibe un balazo!».

Entiendo un poco mejor el motivo de su enfado.

«Solo me rozó», Élodie señala.

«¿Y si no te hubiera rozado?», Ken vuelve a girar en nuestra dirección y sus ojos me miran directamente.

Pero no tengo tiempo de responder, porque su pareja le dice, «¡Ken, ahora no!».

Le hace un gesto con la barbilla a Tiffany, que tiembla como una hoja. Esto es comprensible teniendo en cuenta todo lo que acaba de suceder en unos minutos.

Le hago una señal a Élodie, que está sentada en el medio, para que me deje su lugar. Me deslizo en el asiento, mientras ella se sienta a horcajadas sobre mí en la dirección opuesta. No es fácil, dada mi talla, pero al final lo conseguimos.

Me giro hacia Tiffany y coloco mi mano en su antebrazo. Ella se sobresalta, pero me deja hacerlo. La acaricio suavemente.

«Oye», digo en voz baja para llamar su atención.

Sus ojos húmedos se centran en mí. Aunque veo allí una inmensa confusión, siguen siendo los ojos más bellos que he visto jamás, con su color tan particular: azul esmaltado con reflejos verdes y dorados.

«Se acabó», le digo.

Una lágrima rueda por su mejilla y, sin pensarlo, la limpio con el pulgar.

«Se acabó», repito.

Y esta vez ella asiente.

Pero siento que está a punto de quebrarse. Así que deslizo un brazo detrás de su espalda y la atraigo hacia mí. Ella termina apoyando su cabeza en mi hombro.

Con la otra mano, le aparto el pelo de la cara. Procedo lentamente, como si la estuviera acariciando. Y poco a poco la siento relajarse. Esta sensación también me permite liberar parte de la presión que oprime mi pecho.

Ella está aquí, finalmente, en mis brazos.

No sé cuánto tiempo estaremos así. Ni siquiera presto atención a la ruta que está tomando Ted. Escucho vagamente a mis tres amigos hablar. Si no hay estrés en sus voces, todo debe estar bien. Eso es lo único que me importa, no puedo preocuparme por el resto.

De repente, me doy cuenta de que el cuerpo de Tiffany tiembla. Rápidamente comprendo que está sollozando. Entonces, acerco mi boca a su oreja. Su cabello huele bien. Todavía están un poco húmedos, debe haberse duchado. Me contengo para no mojar mis dedos en él, ni colocar mis labios allí. En cambio, le susurro palabras de consuelo.

«Todo resultará bien. Te lo prometo. Te llevaré a casa».

Este jueguito dura unos minutos y luego se endereza ligeramente. Su mirada se fija en la mía. Sus ojos están rojos por las lágrimas. Y por primera vez desde que estamos en este auto, ella me habla. Pero lo que dice no es realmente lo que esperaba.

«Amhale, no podemos dejarla. Él la va a matar».

12

TIFFANY

Amhale; Repito su nombre mientras miro a mis salvadores.

«Lo siento», me dice el hombre al volante. «No vamos a poder regresar, bueno, no esta noche».

«Aunque, dada la velocidad a la que nos fuimos, lo último que deberían esperar es vernos regresar», dice la joven en un inglés teñido de un fuerte acento francés.

Élodie, así la llaman.

«Pero no, ¡nunca les pediría que hicieran tal cosa!», protesto. «Sobre todo, porque no tengo ningún deseo de volver a la guarida del lobo».

«Toma aire y explícanos lo que quieres», me pide Jimmy, entregándome el paquete de pañuelos que le acaba de entregar la francesa.

Tiene razón. Necesito calmarme y explicarles la situación de forma más coherente. Pero es urgente y no sé muy bien por dónde empezar. Me limpio los ojos y luego me sueno la nariz mientras pienso.

«No estaba sola en casa de Gamboni. Había otra chica conmigo», les digo.

«Oh, ¿la chica alta y negra con la que se fue?», pregunta el hombre sentado al lado del conductor.

Se vuelve hacia mí y lo reconozco. Es Kenneth, el hermano de Madison.

«¡Sí, ella! Puso todas sus cosas en el maletero como si no tuviera intención de regresar con ella esta noche», les explico.

El conductor me mira inquisitivamente por el espejo retrovisor. Él no entiende y es lógico, no fui lo suficientemente clara.

«No puso las cosas de Amhale en su maletero como lo hace alguien que se va de viaje, las echó en una bolsa de basura», explico.

Mis interlocutores fruncen el ceño. ¿Cómo puedo hacerles entender que el destino de esta chica está arruinado si nadie hace nada?

«Gamboni está enfermo. Es un hombre muy enfermo. Para él, las mujeres son juguetes de un solo uso. Solo servimos una noche y al día siguiente se acabó».

Jimmy niega con la cabeza lentamente.

«¡Tienen que creerme, eso me lo dijo él mismo!».

«Pero te creemos», me dice Élodie. «Ese no es el problema».

«Entonces, ¿cuál es?».

«Es que no estamos seguros de poder hacer algo por ella», me dice Kenneth desde el asiento delantero.

«¿Y la policía? ¿No podríamos ir a la policía? No soy ingenua, sospecho que debe tener contactos, pero de todos modos... ¿No? Pero si llegamos los cinco y explicamos que me compró en una subasta en Francia y luego me mantuvo prisionera en su propiedad, eso debería...».

De repente me detengo cuando la luz aparece en mi mente. Pueden dejarme en la comisaría, pero no pueden venir conmigo para confirmar mi historia. Finalmente, no pueden hacerlo sin reconocer que han violado no sé cuántas leyes. No hace falta ser un abogado experto para entender que, aunque fuera por una buena causa, no tenían derecho a volar el portón de una propiedad privada o disparar a sus ocupantes para extraerme de ahí. Sin embargo, eso es lo que hicieron. Y lo hicieron por mí. Tenemos que encontrar algo más.

«¿Y si voy sola?» insisto.

«¡Fuera de discusión!», exclaman los tres hombres al mismo tiempo.

«Eso sería correr un riesgo demasiado grande», me explica Élodie. «Sobre todo, porque no tienes pruebas de haber estado allí. Sí, sí, lo sé, podrías describirles el lugar, pero él siempre podría responder que viniste a su casa para una recepción o algo así».

Entiendo que tiene razón, pero, aun así. Mi frustración es tal que nuevamente se me llenan los ojos de lágrimas. Frenéticamente, busco en el bolsillo de mi sudadera para coger un pañuelo nuevo cuando mis dedos topan con algo sólido. ¡La memoria USB que robé de la biblioteca! La había olvidado por completo.

«Quizá tenga pruebas», digo, sacándola de mi bolsillo. «No sé qué hay en aquí, pero creo que es de Gamboni. La encontré en una habitación en la que se suponía que no debía entrar, así que...».

Ni siquiera he terminado mi frase cuando la joven ya se ha dado la vuelta para agarrar una bolsa de la parte trasera del auto. Saca una computadora portátil que enciende antes de ofrecerme su mano. Le confío mi premio de guerra.

Cuando la computadora se enciende, miro a mis compañeros de viaje y me pregunto por qué milagro estos completos desconocidos decidieron venir a salvarme.

«Gracias, gracias, gracias».

Repito esta palabra que de repente encuentro demasiado débil para expresar mi gratitud.

«No sé por qué hicieron esto, ¿por qué me liberaron…?», les digo.

«Porque Jimmy te prometió que te iba a llevar a casa y siempre cumple sus promesas», explica el conductor entre risas.

«¡Ted!», la advertencia de Jimmy lo hace reír aún más, por lo que Jimmy decide reír también.

Tomo una de sus manos entre las mías y me inclino hacia él. Le doy un casto beso en la mejilla antes de susurrarle al oído, «Gracias, gracias por cumplir tu promesa».

Un silbido de admiración me hace sobresaltarme.

Es Élodie. Con la nariz pegada a la pantalla de su computadora, muestra la misma sonrisa que un niño que descubre su juguete favorito debajo del árbol la mañana de la Navidad.

«¿Qué es?», le pregunta Jimmy.

«Bueno, no sé si esto probaría que Tiffany pasó tiempo con Gamboni, pero una cosa es segura, y es que, con esta copia del disco duro de este buen hombre, ella se ha ganado el premio gordo», contesta Élodie.

«¿En serio? ¡Pero eso es genial! ¿Podríamos utilizarlo como moneda de cambio?», les digo.

Concentrada en su máquina, Élodie comienza por ignorar mi pregunta.

Algunas manipulaciones después, levanta la cabeza y es con una sonrisa casi triunfante que finalmente me responde.

«Ya que he hecho una copia en mi máquina, ¡ahora podemos!».

13

JIMMY

«N ecesitamos un plan», dice Ken. «No hay forma de que nos presentemos en la celebración de Gamboni y digamos: "Vamos a la carga y luego lo pensemos". Funcionó una vez, ciertamente no podrá ser dos veces».

«¡No tenemos mucho tiempo!», protesta Tiffany. Es seguro que se librará de Amhale esta noche.

Por mi parte, estoy atrapado entre dos fuegos. Entiendo la preocupación de Tiffany, pero estoy de acuerdo con Ken. Los hombres de Gamboni pronto le informarán de nuestra pequeña demostración de fuerza. Es muy probable que ya esté en guardia, ya no podemos utilizar el elemento sorpresa.

«Entonces, ¿qué hacemos?», pregunta Ted, quien continúa conduciendo.

«Tenemos que ir a Siena porque estamos seguros de que Gamboni debe estar allí. Por lo que sabemos, le preocupa su reputación. No puedo imaginarlo cancelando su discurso y dejando a todos en la estacada. No querrá llamar la atención sobre un posible problema. Por otro lado, estoy segura de que no se quedará mucho tiempo allí», finalmente es Élodie quien ofrece una solución.

«Entonces vamos a Siena, ¿y luego?», pregunta Ted.

Una sonrisa aparece en los labios de la guapa francesa.

«Luego solo nos queda hacerlo cantar...».

«¿Qué sugieres? ¿Lo secuestramos? Pensé que estábamos dejando de lado los planes arriesgados», dice Ken con un suspiro.

«¿Alguna vez piensan en algo que no sea la fuerza bruta?», Élodie se enoja un poco. «No hablo de secuestrarlo, sino de entablar una conversación».

«¿Quieres conversar con esa escoria?», pregunto con incredulidad.

«Creo que es posible», esta vez es Tiffany quien responde.

Dirijo mi atención hacia ella.

Con la mayor seriedad explica, «Gamboni no es un delincuente de poca monta. Por lo que he visto es una persona reflexiva, que tiene modales, me parece más un estratega. Si Élodie cree que lo que está en la memoria USB podría ser una buena moneda de cambio, deberíamos intentar aprovecharlo. Creo que temerá más por su reputación en la industria que por recibir una bala».

La observo por un momento con decenas de preguntas en mente. Algunas que no me permitiría posar delante de todos, otras que no sé si algún día podré posar. No es que no tenga el coraje, sino más bien porque tengo miedo de escuchar las respuestas. ¿Qué vio durante su estancia con Gamboni? ¿Qué le hizo? ¿Qué quería esta escoria de ella? ¿Estoy dispuesto a vivir con lo que ella quiera explicarme? ¿Y debería hacerla pensar en todo eso otra vez? ¿O hacer todo lo posible para que ella lo olvide?

Ya nadie habla en el coche. Entiendo que todos están esperando mi reacción. Salvar a Tiffany era mi compromiso, mi plan. Así que, aunque cada uno tenga su propia opinión, existe un acuerdo tácito entre nosotros de que la última palabra me corresponde a mí.

«De acuerdo, nos vamos a Siena», les digo.

Ted asiente y comienza a tocar el GPS. Ken está esperando que se me ocurra un plan antes de decidirse. Sé que no querrá que Élodie corra ningún riesgo innecesario. Y lo entiendo completamente.

«Yo seré quien hable con Gamboni», anuncio.

Mi compañero de equipo asiente. No hacen falta palabras, sé lo que significa. Él me respaldará. Él y Ted, como siempre.

«Me parece que la mejor solución es intentar acercarnos lo más posible al lugar donde se desarrolla la velada para poder vigilarlo. No intentemos nada, esperemos a que venga a nosotros, por así decirlo. Cuando salga, lo interpelaré y le pediré hablar con él.

«Voy contigo», anuncia Tiffany con voz decidida.

«¡De ninguna manera!», Ken y yo gritamos al unísono. Tiffany responde con una mueca que me parece adorable; razón de más para no llevarla conmigo. No pasará ni un minuto más con este cabrón. Ya ha sufrido bastante.

Pero como no quiero ofenderla, le digo con más calma, «Aún podría ser peligroso. No quiero ponerte en un riesgo innecesario».

Cruza los brazos sobre el pecho y adopta una expresión molesta.

«¿Y quién te crees que eres para decirme lo que puedo o no puedo hacer?».

Sorprendido, me tomo un segundo para responder. Escucho a Ted al frente soltando una pequeña risa. Entonces le digo, «Solo conduce, por favor».

«Sé defenderme muy bien. ¡No soy una muñeca de porcelana!», Tiffany añade.

Me pellizco el puente de la nariz. Son tantas las objeciones que me vienen a la mente. Para empezar, creer en las fábulas del hablador Arkady. Y dudo que hubiera logrado escapar de Gamboni sin nuestra intervención. Pero siento que, si se lo señalo, solo haré que quiera demostrarme que puede arreglárselas sin nosotros. Tengo que ser convincente y al mismo tiempo ser sensible a sus sentimientos.

«Tiffany, yo...», empiezo, pero ella me interrumpe. Me habla en voz baja, como si no quisiera que los demás la oyeran.

«Jimmy, sé que piensas que soy una rubia bonita y tonta. Y probablemente lo soy en su mayor parte. Es cierto que no siempre he tomado las mejores decisiones en mi vida, de lo contrario, no estaría aquí. Pero creo que puedo ser de gran ayuda esta noche. ¿Qué vas a decir para convencer a Gamboni de que hable contigo? Con el ataque a su casa, tendrá otras cosas en la cabeza para permitir una charla con un chico que no conoce. Mientras que, si él me ve, inmediatamente tendrás toda su atención».

Ella coloca su mano sobre mi brazo. Intento que no se note nada, pero observo que es la primera vez que hace ese gesto hacia mí. Y aunque está tratando de convencerme, y no me parece una tonta chica, sabe que, si he recorrido todos estos kilómetros, llevando a mis amigos conmigo, es porque al menos estoy un poco interesado en ella. Al menos lo suficiente como para preocuparme por su destino. Jugar la carta de la ternura es sin duda una buena idea por su parte.

Pero creo que soy lo suficientemente bueno para detectar cuando la gente está jugando conmigo, y solo veo sinceridad en sus ojos. Quiere ayudarnos, ayudar a su amiga Amhale. ¿Quién soy yo para negarle que se involucre en el plan para rescatar a su amiga?

Jimmy todavía duda.

Por el rabillo del ojo veo a Élodie que, mostrando solidaridad femenina, levanta la vista de la pantalla de su computadora para darme un gesto alentador. ¡Por un rato, casi podría besarla!

«No tengo los dos pies en el mismo zapato, corro rápido, muy rápido incluso, y sé disparar».

La sonrisa, que había comenzado a aparecer en los labios de Jimmy cuando mencionó mis cualidades atléticas, se desvanece con el final de mi frase.

«¿Qué quieres decir con que sabes disparar?», me pregunta.

Esta información no parece tranquilizarlo, sino todo lo contrario.

«Para conseguir papeles de actuación aprendí muchas cosas, como escalar una cuerda, esquilar una oveja, bailar salsa y también disparar con varias armas. Realmente me enamoré de la escopeta, pero también soy buena con la pistola».

Jimmy abre y cierra la boca como un pez en la playa. Siento la objeción que no se atreve a pronunciar.

«No te estoy pidiendo que tengas que darme un arma, solo que puedes contar conmigo, incluso en momentos de estrés. No soy una carga».

«Entiendo lo que quieres decir», interviene Ken en tono conciliador. «Lo cierto es que cuando estábamos en Cannes te entró el pánico, volviste a meterte a la guarida del lobo, aunque ya estabas a salvo».

«¿Qué quieres decir con que estaba a salvo? ¡Jamás!».

«Pero sí, aunque la recepción fue un poco brusca, fue bajo la protección de la policía que Ken y Jimmy ayudaron para llevarte de regreso a ti y a Madison», explica Élodie.

Me encuentro con la mirada de Jimmy, quien me confirma que las palabras de su amiga son correctas.

«Pero… ¿cómo podría haberlo adivinado? ¡Los dos hombres que arrojaron a Ken al suelo, los conocía! Los había visto en casa de Arkady».

Élodie me mira con la boca abierta, pero tengo la impresión de que no está del todo sorprendida.

«Se los juro, no estoy loca».

«Oh, pero te creo», dice Jimmy, tomando una de mis manos entre las suyas.

Se vuelve hacia Élodie, que asiente con la cabeza.

«Te creemos», se corrige, mirándome de nuevo. Élodie nos explicó que Arkady tenía contactos en la policía.

«Si pensabas que habíamos sido interceptados por los hombres de Arkady, entonces entiendo por qué te regresaste corriendo», observa Ken.

«Gracias», digo con un suspiro.

«¿De qué?», me pregunta Jimmy.

«Por venir a buscarme, por salvarme y ahora mismo, gracias por creerme».

Él se encoge de hombros como si nada y mira hacia otro lado. Supongo que es una de esas personas que se sienten incómodas con las grandes demostraciones de afecto. En el coche reina el silencio, solo lo perturba el clic del teclado de Élodie.

«Entonces, ¿está bien si te acompaño?», le pregunté a Jimmy.

Una sonrisa vuelve a sus labios. Supongo que mi insistencia le divierte. Suelta mi mano para pasar un brazo sobre mis hombros nuevamente.

Como si fuera la cosa más natural del mundo, me acurruqué contra él. Por un momento me encuentro soñando que encontré mi lugar allí.

Cierro los ojos por unos segundos. Por primera vez en varios días, finalmente me siento segura. La reconfortante calidez de mi salvador me envuelve como un capullo. Siento el lento latido de su corazón, su respiración regular. Definitivamente no quiero romper este momento de pura felicidad.

Después de vivir el caos, estoy en el paraíso.

Mi ensoñación es interrumpida por una exclamación de Élodie.

«¡Ted! ¡Detén el auto, por favor!».

Una mirada rápida por el espejo retrovisor y nuestro conductor detiene el vehículo al costado de la carretera sin hacer preguntas.

Élodie abre la puerta y se aleja como si el diablo la persiguiera.

Unos segundos más tarde, la escuchamos vomitar al borde de la carretera.

«Voy con ella», dice Ken antes de salir del auto.

Él intenta acercarse, pero ella le indica que se mantenga alejado.

Con cara de decepción, regresa a su asiento mientras deja la puerta abierta.

«¿Tenemos una botella de agua?».

«Sí, también tengo algunas pastillas de menta en el maletero», dice Ted.

Después de comprobar la ausencia de tráfico, me bajo y doy la vuelta al 4x4 para llegar a Élodie.

«Estás mejor?» le pregunto, ofreciéndole el último pañuelo limpio que me quedaba.

Ella asiente en silencio. La acompaño hasta la parte trasera del vehículo, abro el maletero y la invito a sentarse en el borde, mientras agarra el agua y las mentas. Le abro la botella y me siento a su lado mientras recupera el aliento.

Los tres hombres, por turnos, salen del coche para ver cómo se siente.

Están frente a nosotros. Ken se acerca un poco más y acaricia tiernamente su mejilla.

Me levanto para darle mi lugar. Se aprieta contra ella y le pregunta con dulzura, ¿Qué pasó?».

Por un momento, creo que estas son las consecuencias del asalto anterior. ¿Quizás con la bajada de adrenalina se da cuenta de la peligrosidad de lo que hicimos? Pero cuando me lanza una mirada furtiva y duda en responder a su compañero, comprendo que estoy completamente equivocado.

«Puedo escuchar lo que sea», le digo, con más confianza de la que realmente siento.

«En la memoria USB hay fotos y películas, y...», comienza ella.

Se detiene a mitad de la frase, sacudida por fuertes náuseas.

Con un gesto nos invita a alejarnos.

Ted, Jimmy y yo damos un paso atrás y esperamos. Ken

permanece inmóvil a su lado. La sostiene en sus brazos como si esperara poder compartir su fuerza con ella.

Élodie está pálida como una sábana. Cierra los ojos y luego los abre inmediatamente, como si lo que se veía detrás de sus párpados cerrados fuera insoportable. Se obliga a respirar profundamente. Ken la mira y le susurra algo al oído.

Ella le da una sonrisa tensa, pero podemos ver que su corazón no está en eso.

«Este tipo es un monstruo», nos dice ella. «Un verdadero monstruo que definitivamente debemos detener».

15

JIMMY

Recuerdo haber visto un reportaje sobre la ciudad de Siena y la Toscana mientras estaba en casa de permiso. Es el tipo de programa que, cada vez que lo veo, me hace prometer que algún día visitaré Europa, preferiblemente con una chica bonita del brazo.

Estoy en Europa, estoy en una calle bordeada de edificios que para algunos deben ser más antiguos que mi propio país, hay una chica guapa a mi lado… Pero, lamentablemente estamos muy lejos del cliché que tenía en mente de la *Dolce Vita*. Ni un paseo romántico en una Vespa, ni un cucurucho de helado en una terraza.

Estoy aquí para negociar con un monstruo.

Un hombre que no merece ser considerado como tal.

Un hombre que, según el video que me mostró Élodie, tampoco parece tener ningún respeto por sus semejantes.

Camino de un lado a otro por el callejón poco iluminado. Tiffany se sienta en el suelo, apoyada contra una casa cuyo revestimiento se está cayendo a pedazos.

«Hay movimiento», me informa Ted por el auricular.

Le hago una señal a Tiffany, quien inmediatamente se levanta.

«Gamboni se está preparando para salir», le informo.

«Recibido», confirmo a mi amigo.

Intercambio una mirada con Tiffany. Ella entiende que ahora es el momento. La veo respirar profundamente, luego comienza a caminar hacia la pequeña plaza donde decidimos enfrentar al mafioso.

Agarro su mano para que se detenga. Ella se vuelve hacia mí, pareciendo sorprendida.

«Aún estás a tiempo de que desistas», le digo. «Puedes encontrarte con Élodie en el auto, ella te cuidará mientras yo hablo con Gamboni».

La determinación reemplaza la sorpresa en sus ojos, me dice: «Quiero estar ahí».

Asiento brevemente. Respeto su decisión, aunque no necesariamente estoy muy contento con ella. No quiero parecer machista, pero estaría más sereno si supiera que ella está a salvo, lejos de este cabrón que se la llevó, la secuestró... Ni siquiera sé dónde termina su lista de crímenes.

Me prometo a mí mismo que una vez que recuperemos a su amiga, la llevaré lo más lejos posible de esta escoria. Y siempre cumplo mis promesas.

Llegamos a la pequeña plaza adoquinada donde se encuentra el edificio de recepción donde se dirige Gamboni. Se encuentra estacionado un sedán negro, el mismo que vino a recogerlo a su propiedad horas antes.

Le indico a Tiffany que debemos detenernos. En la esquina donde nos encontramos está oscuro, no llamaremos innecesariamente la atención del chofer de Gamboni, que está listo para recibir a su amo. Sale del auto y espera en silencio junto a la puerta.

En el umbral ricamente decorado del edificio

aparecen dos hombres. Al parecer, sus siluetas son fácilmente identificables gracias a la iluminación decorativa instalada para la ocasión. Uno de ellos no me da ninguna luz, pero no tengo dudas sobre la identidad del otro.

Además, Tiffany a mi lado deja escapar un pequeño grito ahogado de sorpresa. Sin embargo, ella sabe lo que hacemos allí y a quién queremos ver. Pero supongo que nunca estará lista para volver a ver a su torturador.

Tomo su mano, espero con este gesto infundirle un poco de mi fuerza, pero sobre todo demostrarle que estoy ahí para ella.

Pase lo que pase.

El desconocido estrecha vigorosamente la mano de Gamboni, que parece agradecerle calurosamente. ¿Sabrá que esa mano está cubierta de sangre? ¿Que no es el joven empresario exitoso como todos los periódicos lo describen, sino basura de la peor clase?

Una última palmada en la espalda, una carcajada y finalmente libera a nuestro hombre. Da un paso hacia las escaleras de entrada, pero luego regresa al interior, como si esperara a alguien. Al segundo siguiente aparece la silueta de una mujer joven.

«Es ella, es Amhale», dice Tiffany en un susurro.

El chofer del coche abre la puerta mientras su amo ayuda galantemente a Amhale a bajar las escaleras.

Es hora de entrar en escena.

Damos unos pasos y finalmente salimos de la oscuridad. No pierdo el tiempo y le grito.

«¡Gamboni!».

Su mirada se vuelve en nuestra dirección. Puedo ver claramente el momento en que ve a Tiffany. La sorpresa se nota claramente en su rostro. No tengo ninguna duda de que ya sabe de su fuga. ¿Esperaba que ella viniera y lo confrontara? Probablemente no.

«Sube al auto», le ordena a Amhale en un inglés con acento italiano.

La joven parece dudar, pero el chofer la agarra del brazo y la empuja bruscamente hacia el asiento trasero.

Gamboni nos observa acercarnos, una leve sonrisa dibuja sus labios. Tengo muchas ganas de hacer que se trague su gesto.

Se mete la mano en el bolsillo, instintivamente llevo la mía a mi cinturón, donde deslicé mi arma. Entendiendo mi reflejo, saca la suya y levanta las manos frente a él como en señal de rendición.

«¡Tranquilo, vaquero! No le disparará a un hombre desarmado», bromea.

Dudo que lo esté. Si bien puede que no tenga un arma claramente visible como yo, dudo que no tenga algo con qué defenderse.

Me detengo justo frente a él. Tiene que levantar la cabeza para poder mirarme, como el 99 % de la población mundial, y esta ventaja está lejos de desagradarme.

Se produce un intercambio silencioso entre nosotros, pero no se logra nada. Una sonrisa aparece en su boca y se dirige a Tiffany.

«¿Ya me extrañabas muñeca?», se burla de ella.

Ella retrocede. Aprieto su mano un poco más fuerte, este no es el momento de demostrarle que tiene algún control sobre ella.

«Libera a la chica, Gamboni», le digo.

Me mira fijamente como si no entendiera completamente mi petición.

«Aunque me parece, que es más bien usted quien la retiene. Realmente me gustaría saber, ¿por qué usted pensó que tenía la autoridad de llegar a mi casa y tomar algo que me pertenece?».

Su mirada cae sobre Tiffany de nuevo, y quiero quemarle los ojos solo por atreverse a mirarla.

«Estoy hablando de la otra chica, Amhale».

Parece sorprendido.

«¿Amhale? Entonces, ¿una no es suficiente para usted?», me pregunta.

No le sigo el juego y con el mismo tono firme le respondo.

«Amhale, enseguida. Déjela libre».

«¿De lo contrario qué?».

Suelto la mano de Tiffany y la meto en el bolsillo trasero de mis jeans. El chofer se dispone a coger su arma, seguramente escondida bajo su chaqueta, Gamboni lo detiene con un gesto de la mano.

Saco la memoria USB y se la muestro a Gamboni.

«¿Supongo que reconoce esto?».

Finge no parpadear, pero su mirada lo delata. Es sigiloso, pero mis reflejos son agudos.

«¿Qué es lo que quiere?», me pregunta

«Acabo de decirle. Libere a la chica».

Pasan unos segundos de silencio, luego se vuelve hacia su chofer y le hace un gesto con la mano para que saque a Amhale del auto.

Se inclina hacia ella, le dice algo, pero no logro oír qué. Estoy demasiado ocupado sosteniendo la mirada de serpiente de Gamboni.

La silueta de la joven reaparece, pero al segundo siguiente se escucha una explosión.

16

TIFFANY

Como un mago, Gamboni desaparece detrás de una nube de humo rojo.

Todo cambia.

Todo cambia tan rápido.

No pudo haber ido muy lejos, ¿cierto?

Y Jimmy. ¿Dónde está Jimmy? Soy más fuerte cuando él está cerca de mí.

Jimmy está ahí, a mi lado, pero ya no me ve.

Tos. Lágrimas. Se frota los ojos.

Está atrapado en el vapor coloreado.

A través de esta extraña niebla, vislumbro a Amhale. Ella se acerca a mí. Sin dudarlo, camino hacia ella y le tiendo la mano.

«¡Ven! ¡Ven! Estamos aquí por ti. Vinimos a salvarte».

Ella da otro paso hacia adelante.

Otro y luego se aferra a mí como un náufrago en una balsa. Levanta su rostro hacia mí y ya no entiendo nada. Amhale me mira con mala cara, como si acabara de arruinarle la velada.

«Amhale», murmuro. «Ven conmigo…».

«No, tú eres quien va a venir conmigo», grita, agarrando mi cabello con ambas manos hasta que mi cara está a su nivel. «Vas a seguirme y vas a hacer lo que te digan».

«Amhale, soy yo, Tiffany».

«Sé quién eres», grita. «Eres tú quien lo está arruinando todo».

¿La habrá drogado? Lo que ella dice no tiene sentido.

«Pero, ¿qué estás diciendo?», pregunto, tratando de liberar su mano de mi cabello.

«Que Vincenzo y yo teníamos un acuerdo. Me lo había prometido, me prometió liberarme…».

«Escúchame, Amhale, un tipo como él no tiene palabra».

«No, tú eres quien me va a escuchar», grita, empujándome con todas sus fuerzas hacia el auto.

Lucho, pero ella tiene una fuerza increíble y poco a poco voy perdiendo terreno.

«¡Ayuda, ayuda!», grito.

¿Dónde están Ted, Ken y Élodie? ¿Qué están haciendo ellos? ¿No oyen que Jimmy se está ahogando?

Grito aún más fuerte y ataco.

Agarro el vestido de Amhale con ambas manos y, apoyándome en ella, la golpeo lo más fuerte que puedo. Lanzo patadas. Una, dos, tres veces, pero no me suelta.

Sus rasgos se distorsionan por la rabia, grita de dolor, pero continúa arrastrándome hacia el auto.

La tela de su vestido se rasga y ahora ha quedado casi desnuda. Ni siquiera sé si se ha dado cuenta.

«Tiffany, Tiffany, ¿dónde estás?».

La sangre me late con tanta fuerza en los oídos que no reconozco la voz que me llama. Respondo de todos modos gritando hasta que se me rasgan las cuerdas vocales.

«¡Delante del coche!».

De repente, un brazo fuerte rodea mi cintura.

Amhale me suelta y corre hacia el sedán.

Respiro.

¡Salvada! No sé por quién, pero estuvo cerca.

¡Unos segundos más y volvía a caer en las garras de Gamboni!

Lista para agradecer a mi nuevo salvador, giro la cabeza.

¡No!

¡Es el chofer de Gamboni!

Lucho como el infierno, pero sin éxito.

Me arroja a la parte trasera del auto.

Levanto la cabeza y la vuelvo a bajar. El instinto de huir da paso al de supervivencia. Gamboni me apunta con un arma.

«Qué amable de tu parte venir y acompañarme», dice. «Me ahorraste la molestia de tener que ir a buscarte».

Oigo un portazo y siento que el coche arranca.

«Amhale, ten la amabilidad de ayudar a tu amiga a levantarse, debe sentirse extremadamente incómoda acostada así a nuestros pies».

Esto no es una invitación, sino una orden.

Amhale debe entenderlo así también, porque me agarra del brazo y tira de mí hacia el asiento hasta que tomo mi lugar entre ella y la puerta.

Gamboni guarda su arma.

¿Y si todavía tuviera una oportunidad?

El coche no va demasiado rápido. Si abro la puerta, puedo salir en marcha. Mis amigos no están muy lejos. Corriendo, podría encontrarlos...

Lástima por Amhale, habría hecho todo lo posible para ayudarla.

El coche gana velocidad.

No puedo esperar más.

Agarro la manija de la puerta y… nada.

«Estas protecciones para los niños son prácticas», dice Gamboni, burlándose. «Esto garantiza que los más pequeños no se caigan del coche cuando quieran jugar con los botones de las puertas».

Sentada entre nosotros dos, Amhale mantiene la mirada baja. Intenta juntar los pedazos de su vestido para cubrirse.

La miro hacerlo y trato de entender.

Sé que es joven e ingenua, pero, aun así.

«¿Por qué, Amhale? ¿Por qué?», murmuro.

La hermosa joven no me mira. Vuelve su rostro hacia Gamboni, quien asiente como dándole permiso para responder a mi pregunta. Luego me mira y leo en sus ojos una angustia infinita.

«Porque tiene a mi hermana, mi hermanita de dieciséis años», me explica.

«¿Y prometió dejarla ir?», le pregunto.

«Sí, lo juró. Me dijo que, si me portaba bien, nos daría a ella y a mí nuestra libertad. Finalmente, cuando se cansara de mí».

«¿Y te lo creíste?».

Detrás de Amhale, Gamboni parece disfrutar de nuestra conversación.

Amhale no me responde. ¿Cómo puedo hacerle entender que se está engañando a sí misma? Estamos en manos de un monstruo.

Si depende de él, nunca seremos libres.

Si depende de él, nos sumaremos a la larguísima lista de mujeres jóvenes desaparecidas cuyos cuerpos nadie ha encontrado jamás.

Sin embargo, allí mismo, ahora juntas, si nos uniéramos contra él, ¡podríamos tomar su arma y huir!

«Amhale, escúchame, te está mintiendo. No tiene intención de dejarnos ir».

Parece derrotada y no puede oírme.

Solo podré contar conmigo misma.

Conmigo y con Jimmy.

17

JIMMY

Hay humo por todas partes, me arden los ojos, me pica la garganta. Pero a pesar de todo esto, hay algo más que me preocupa.

Tiffany.

Ya no está a mi lado, la escucho gritar.

Perdí el rumbo en esta niebla que no es natural. Es una especie de gas lacrimógeno, pero no la versión que utilizamos en las manifestaciones. Esta es mucho más poderosa.

¡Tiffany, tengo que encontrar a Tiffany!

Oigo el portazo, sus gritos se vuelven más ahogados. Entiendo lo que eso significa, la han metido en el auto.

Me lanzo hacia el auto, intento agarrar la manija, pero está bloqueada. El coche arranca bruscamente.

Apunto mi arma y disparo. Intento golpear los neumáticos, pero, aunque el humo se está disipando, no puedo ver lo suficientemente bien como para apuntar correctamente.

Empiezo a correr detrás del auto. Aunque las calles son estrechas, esto no parece molestar al chofer que va a exceso de velocidad.

«¡Jimmy!».

Es Ken gritando mi nombre. Él viene corriendo justo cuando yo dejo de correr, resignado. No puedo hacer nada desde donde estoy y a pie.

Ken me agarra del brazo.

«¡Tiffany! ¡Tiene a Tiffany!», grito.

«¡Lo sé! No nos quedemos aquí, pronto llegará la policía», me dice mi amigo.

Y tiene razón, ya podemos escuchar las sirenas de la policía. Me guía hacia un callejón al final del cual está estacionado Ted. En cuanto nos ve por el retrovisor, arranca el motor. Subimos al vehículo y al segundo siguiente desaparecemos.

«Gamboni tiene a Tiffany. ¡Se dirigen al norte!», les informo.

Ted nos lleva en la dirección indicada, conduce a gran velocidad. Pero eso no es suficiente para alcanzar a Gamboni, que ya tiene una gran ventaja. En el camino que recorremos no hay rastro de ellos. Es como si se hubieran esfumado.

En el coche reina un silencio de muerte. Siento que mis tres amigos intercambian palabras silenciosas. También hay algunas miradas en mi dirección. Sé lo que están pensando y hacen bien en no decir nada. Estoy a punto de explotar. Culpo al mundo entero en ese momento. A Gamboni, por supuesto, pero también a todos los demás, incluso a los de mi lado. A mis amigos que se encontraron indefensos ante la situación, a Tiffany por insistir en venir, a mí por aceptar.

Ted enciende sus luces intermitentes y entra en el estacionamiento de una pizzería.

«¿Qué haces?», grito. «¡Sigue conduciendo, tenemos que encontrarlos!».

No me escucha y estaciona el 4x4. Es Ken quien habla.

Adopta ese tono paternalista que odio cuando lo utiliza, sobre todo cuando se trata de mí.

«Hay que afrontar los hechos, los hemos perdido».

Me pongo nervioso, «Y, ¿entonces? ¡Tenemos que seguir buscando! ¡No vamos a abandonar a Tiffany en manos de este monstruo! ¡Especialmente ahora que sabemos de lo que es capaz!».

De repente abro la puerta y salgo. Luego voy al lado de Ted, quien también está saliendo.

«Dame las llaves. Ve a comer tu puta pizza si quieres, ¡yo seguiré buscándolos!»

Me muevo para quitarle las llaves, pero las guarda en su bolsillo. Me inclino para quitárselas, pero él me detiene.

«Jimmy, Jimmy...», dice con tranquilidad.

«¡Ted! Déjame. Se han portado genial hasta ahora. Entiendo que estén hartos. Es… yo soy quien se comprometió a traer de vuelta a Tiffany, esa fue mi promesa. No voy a decepcionarla».

«Sabemos muy bien que no la vas a defraudar», responde.

Doy un paso atrás. Meto ambas manos en mi cabello. Lo jalo como si quisiera arrancarlo. Mis tres amigos me observan con miradas que no me gustan. Lástima, siento que me tienen lástima. Y no puedo soportarlo.

«En serio chicos, lo entiendo. No se inscribieron para esto. Vayan a comer pizza y… no sé… disfruten un paseo por Italia. Ken, lleva a Élodie a Florencia o a Roma. Parece encantador en esta temporada. Yo seguiré y….».

Es Élodie quien me interrumpe. Coloca una mano en mi brazo en un gesto tranquilizador.

«Jimmy, no te vamos a abandonar. Especialmente ahora».

La observo. Sus ojos color avellana parecen sinceros, pero

no puedo evitar pensar en Tiffany. Debe estar muerta de miedo, especialmente después de darse cuenta de lo que hay en la memoria USB que robó. ¿Sabe ella que no la voy a decepcionar?

Siento que se me aprieta la garganta. Mis ojos se humedecen. Hace mucho que no lloro. No desde que era adolescente, cuando me di cuenta de que mis lágrimas no servirían de nada, especialmente para ayudarme a escapar del agujero de mierda en el que crecí. Pero aquí tengo muchas ganas de dejarme llevar.

«Vamos a encontrarla», susurra Élodie como si solo quisiera ser escuchada por mí.

«Han sido dos… dos veces que le he fallado…».

Finalmente logro expresar con palabras lo que he estado pensando todo este tiempo. Primero fue Arkady y ahora Gamboni. ¿Puede todavía tener fe en mí cuando la he decepcionado más de una vez? Sé lo horrible que es cuando la gente te decepciona una y otra vez.

«La próxima vez será la buena», me dice Élodie.

«Espero que tengas razón», le digo.

«Estoy segura de eso. Es más, te lo prometo», me dice.

«No prometas nada. No hay nada peor que una promesa que no se cumple».

18

———

TIFFANY

Mis sentidos están en alerta, observo el recorrido. Me gustaría memorizar los nombres de las calles, pero es casi imposible cuando las palabras no tienen significado para mí. Pasamos la Porta Romana y entiendo que no habría servido de nada recordar el recorrido. Salimos de Siena. ¿Pero hacia dónde?

Cierro los ojos para visualizar el mapa de Italia que estudiamos antes y en el que Élodie había escrito todas las direcciones conocidas de Gamboni.

El sur. Vamos hacia el sur. Sin embargo, en el sur no había nada. Las propiedades más cercanas estaban al norte, en Florencia. Hay una casa y luego almacenes. Con la frente apoyada en la ventana, me doy cuenta de que vamos en círculos. Hemos pasado por la misma iglesia al menos dos veces.

Un rápido intercambio de palabras en italiano entre el chofer y Gamboni y su comportamiento cambia por completo. Seguimos avanzando con la misma rapidez, pero sin sentirnos tan sacudidas. No más giros de última hora, ni aceleraciones ni frenadas bruscas.

Comprobaron que nadie nos seguía.

Mi corazón se hunde. ¿Jimmy podrá liberarme otra vez? Sé que lo intentará, estoy absolutamente segura de ello. ¿Pero llegará hasta allí? Encontrar a Gamboni, ahora sé que no es un problema. El hombre es tan famoso que podemos seguirlo consultando las crónicas de sociedad.

¿Es lo suficientemente arrogante como para mantenernos de su lado? Puede ser. Eso espero de todos modos. Echo un vistazo rápido a mis compañeros de viaje. Amhale tiene los ojos cerrados y las manos cruzadas. Sus labios se mueven, pero no sale ningún sonido. ¿Podría estar orando? Gamboni está absorto contemplando su celular. La luz de la pantalla ilumina tenuemente su rostro. Parece haber perdido parte de su arrogancia. Tiene el ceño fruncido como si necesitara mostrar gran concentración o paciencia.

Creo que está inquieto, pero tan pronto como me mira y se da cuenta de que lo estoy observando, vuelve a mostrar una sonrisa burlona.

Hace unas horas, esta sonrisa me exasperó.

Ahora que sé de lo que es capaz este hombre, esta sonrisa me aterroriza.

Aparto la mirada para no mostrarle mi miedo.

El coche entra en una autopista y el cartel indica Florencia, 81 kilómetros. Mientras avancemos, estaré a salvo. Aunque goza de privilegios en su país, creo que en público Gamboni debe comportarse, y aquí estamos en público.

Cierro los ojos y me dejo arrullar por el sonido del motor.

Me imagino que estoy nuevamente acurrucada contra Jimmy y que ya no tengo nada que temer ya que él está a mi lado para protegerme.

Todavía estaba oscuro cuando llegamos a nuestro destino. Mi nueva prisión vuelve a ser un hermoso hogar. El tipo de casa con la que hubiera soñado si la hubiera visto en un catálogo de decoración o en un folleto turístico que ofreciera habitaciones para huéspedes. Excepto que esta vez, sería una estadía invitada por un residente demasiado especial.

Apenas habíamos cruzado el majestuoso vestíbulo hacia la sala de estar cuando una adolescente, con los brazos abiertos, corrió hacia nosotros. Bueno, hacia Amhale.

No entiendo ni una sola palabra de lo que dice la joven, pero el tono y la fluidez de sus palabras revelan la alegría de volver a verla.

Ante mis ojos, la transformación de Amhale es espectacular. En menos de un segundo, la presa herida se recuperó. Una vez más muestra la perfecta actitud despreocupada que mostró durante nuestro primer encuentro. Ahora sé que todo esto es una máscara y que Amhale está plenamente consciente del peligro. Al contrario de lo que ella dice, es una actriz extraordinaria, tiene un talento de locura.

Es notable el parecido entre las dos mujeres que se abrazan. La más joven es tan hermosa como la mayor, solo que más pequeña y con más curvas.

Gamboni continúa cruzando la amplia sala y despide a su chofer. Comprueba que la puerta principal esté bien cerrada y desaparece por otra puerta que ni siquiera había notado. Está tan bien oculta en la madera que una vez cerrada es casi invisible.

«Damas», dice Gamboni. «Las dejo en su reunión, tengo varias cosas urgentes que hacer. Les deseo buenas noches».

La puerta se cierra detrás de Gamboni.

En teoría, solo estaríamos yo y las dos hermanas... y quien estuviera viendo las imágenes de las dos cámaras de vigilancia discretamente instaladas en esquinas opuestas de la habitación.

Los abrazos cesan y la menor de las dos hermanas se vuelve hacia mí.

«Hola, soy Malaika», me dice en un inglés más melodioso que el de su hermana. Un inglés que huele a té y bollos.

«¿Y tú?, me pregunta.

«Soy Tiffany. Encantada de conocerte».

«Entonces, ¿tú también eres actriz?», me pregunta, deslizando un brazo debajo del de su hermana y luego debajo del mío para guiarnos hacia la puerta por la que salió Gamboni hace un minuto.

«Sí, así es», le respondo.

«Entonces, ¿te fue bien en el casting?», le pregunta a su hermana mientras llegamos a una hermosa escalera.

«Aún no lo sabemos», responde Amhale, lanzándome una mirada suplicante que tomo como una invitación a ocultarlo frente a su hermana.

Actúo como si no entendiera. Primero, porque todavía estoy demasiado enojada con ella para hacerle ningún favor. Además, porque no creo que mentirle a Malaika sea una buena solución. Aunque es joven, a sus dieciséis años tiene edad suficiente para entender la situación en la que nos encontramos, y las tres podríamos unirnos para luchar contra Gamboni y encontrar una manera de escapar.

Mientras subo las escaleras, ignoro las pinturas en las paredes para fijarme en las cámaras. Solo hay una. No es móvil como la del salón, es un plafón redondo más moderno que debe cubrir toda la superficie de la escalera.

El rellano de arriba se abre a un largo pasillo por el que nos guía Malaika.

«Esa es mi habitación», declara pasando por delante de la

primera puerta. «Bueno, ahora es nuestra habitación ya que has llegado», le explica a su hermana.

Pasamos por una nueva puerta y es delante de la siguiente donde se detiene Malaika.

«Si quieres, puedes quedarte aquí», me dice después de abrir la puerta.

Las tres entramos en una bonita habitación con una cama con dosel que me parece muy tentadora, dado mi estado de cansancio. Suelto el brazo de Malaika, camino hacia la ventana… haciendo nudos con las sábanas, como en el cine, podría bajar a la calle… excepto que no, la ventana da a un pequeño jardín interior. Un jardín amurallado como debería ser.

«Pero, ¿cómo conseguiste rasgarte el vestido? ¿Dónde está tu equipaje?», nos pregunta la chica. «¿Ni siquiera trajiste un bolso?».

«No, salimos de prisa», responde Amhale en un tono ligero que me asombra.

«Lo resolveremos», dice Malaika. «Puedo prestarte algunas camisetas para que te sirvan de camisón, pero mientras tanto, déjame mostrarte el baño».

Nos toma del brazo y nos guía hacia la puerta que separa nuestras respectivas habitaciones. Malaika nos hace pasar a la habitación y luego cierra la puerta detrás de nosotras. Se acerca a la gran bañera de hierro fundido, encima de la cual se ha instalado un cabezal de ducha. Abre completamente el grifo de agua caliente de la bañera y luego hace lo mismo con el grifo de la ducha.

Al ver mi mirada de sorpresa, coloca un dedo en sus labios para pedirme que me calle mientras asiente hacia la cámara detrás de ella.

«Esta bañera es fantástica», grita por encima del sonido del agua. «Pasé horas allí con mi lector electrónico, era la primera vez que tenía agua por todas partes, bueno menos en las manos, claro».

Amhale frunce el ceño y parece tan intrigada como yo, pero sigue el juego de todos modos.

«Es cierto que las bañeras suficientemente grandes para chicas de nuestro tamaño son raras».

«Estoy completamente de acuerdo, nada es práctico para las mujeres altas».

A medida que la habitación se llena de vapor, nuestra conversación sobre las desventajas de ser una cabeza más alta que el resto de la población continúa hasta que Malaika se acerca a nosotras nuevamente.

Hablando esta vez en voz tan baja que el sonido del agua resulta casi inaudible, Malaika nos interroga.

«Basta de tomarme por idiota. ¿Me van a decir qué está pasando realmente?

19

JIMMY

El Calzone que tengo delante podría ser el mejor del mundo y ni siquiera me daría cuenta. Realmente no tengo ganas de comer, pero no puedo culpar a mis amigos por sentir esa necesidad. Así que me siento y doy un bocado de vez en cuando; mi cerebro está funcionando a toda velocidad.

¿Cómo encontrar a Tiffany?

Veo que Élodie, sentada frente a mí, intenta observarme discretamente. Quizás tenga miedo de que explote. Yo mismo me siento como una olla a presión.

Cuando pienso que mis compañeros están satisfechos y son capaces de pensar, no me ando con rodeos:

«Necesitamos averiguar dónde llevó Gamboni a Tiffany».

Ken y Ted intercambian una mirada y de repente el ambiente se vuelve serio.

«Ya podemos descartar la casa en la que estábamos antes», dice Ken.

«Lo que nos deja con mil millones de posibilidades.

Quizás su avión esté en algún lugar sobre el Mediterráneo ahora mismo», eso me preocupa.

«Puedo comprobar si despegó de Florencia», dice Ted.

«Si es inteligente, tomó otro avión», comento un poco secamente.

«Sí, pero a falta de una idea mejor, podemos empezar ya por eliminar las pocas vías plausibles y fácilmente verificables», insiste él. «Seguramente le parecería una estupidez tomar el camino más fácil. Pero no debemos descuidar ninguna vía, aunque nos parezca improbable».

Apoyo los codos sobre la mesa y me paso una mano por el pelo. Suspiro.

Cuando hablo de nuevo, lo digo de manera más tranquila. «Disculpen, estoy nervioso y me cuesta pensar con claridad. Tienen razón, no deberíamos dejar nada de lado».

«Vamos a hacer las comprobaciones habituales: aeropuertos, trenes. Pero necesitamos encontrar otras pistas», confirma Ted.

Hay un intervalo de unos segundos. Desafortunadamente, nadie tiene ideas brillantes sobre cómo llenarlo. Finalmente es Élodie quien habla.

«Jimmy, ¿todavía tienes la memoria USB?»,

«Sí. Pero ya hemos revisado el contenido, no veo qué podría ayudarnos a encontrar a Tiffany en esto».

Pero la morena parece tener una idea en mente, porque de repente su cara muestra mucho entusiasmo.

«Nos devanamos los sesos preguntándonos cómo encontrar a Gamboni, pero todavía tenemos este argumento a nuestro favor. Tuviste tiempo de mostrárselo antes, ¿verdad?».

«Sí, y no parecía feliz de saber que estaba en nuestro poder».

«¡Listo! Él sabe que tenemos la memoria así que...»,

«¿Crees que intentará encontrarnos?», pregunta Ken.

«Dado su contenido, me sorprendería que nos dejara deambular mucho tiempo sin preocuparse por ello. Así que, en lugar de buscarlo, tenemos que esperar a que nos contacte», nos explica ella.

«Sí, ¿y cómo crees que eso nos ayudará a recuperar a Tiffany? No va a aparecer con ella bajo el brazo y entregárnosla a cambio de la memoria», refunfuño.

«Eso es exactamente lo que pensaste que haría para liberar a Amhale. Necesitamos organizar un intercambio», afirma Élodie.

«Sí, excepto que esta vez vamos a intentar prepararnos un poco mejor. Porque no creo ni por un segundo que Gamboni nos deje ir felices y sonrientes frente al sol poniente. Intentará dispararnos tan pronto como le demos la espalda. Él sabe que ya hemos hecho copias de la información de la memoria y que nada nos impedirá liberarla una vez que estemos a salvo», dice Ken.

Ted asiente y yo también estoy de acuerdo con él.

«Está bien, entonces ¿cuál es el plan?», pregunta Élodie.

«Necesitamos encontrar un lugar seguro para realizar el intercambio. Necesitamos trabajar en nuestra estrategia para escapar. Y una vez que hayamos resuelto todo eso, nos pondremos en contacto con Gamboni», anuncia Ted. «Haré algunas llamadas, voy a necesitar a mi equipo de respaldo de Mónaco. No se puede trabajar sin red. También debemos compartir con ellos toda la información que hemos recopilado sobre Gamboni. Que estén dispuestos a difundirla a las autoridades competentes o a los periodistas, si algo sale mal».

«¿Y por qué no contactamos a un periodista y le dejamos hacer el trabajo?», sugiere Élodie. «Si estalla un escándalo, las autoridades ya no podrán hacer la vista gorda ante las actividades de Gamboni».

«Eso deja demasiada incertidumbre. Existe la posibilidad de que el periodista sea presionado y obligado a guardar silencio. Y, sobre todo, le dé a Gamboni tiempo suficiente para hacer desaparecer a Tiffany», comenta Ted.

Estoy de acuerdo con la respuesta de Ted. Me gusta que las cosas las manejen personas en las que confío, si no puedo hacerlo yo mismo. No confiaré la vida de Tiffany a nadie más que a las tres personas sentadas en esta mesa.

Ken interviene, «Todavía tengo una pregunta. ¿Por qué Gamboni estaba desesperado por recuperar a Tiffany? Sé que, en primer lugar, pagó para conseguirla, pero aún así, no creo que sea por eso. ¿Estamos seguros de que no nos falta algo?».

Todos los ojos se posan en mí. De todos, soy yo quien más sabe de ella. Fui yo quien tardó horas en desentrañar su pasado.

«No sé. Aparte de una fijación enfermiza o algo así, no lo veo. Tiffany era una aprendiz de actriz sin incidentes antes de que Arkady la trajera a la Costa Azul».

Decidimos de mutuo acuerdo regresar a nuestro escondite perdido en las colinas para discutir nuestra futura operación con más detalle. Pagamos nuestras pizzas y nos dirigimos al coche.

Justo cuando estoy a punto de subirme al 4x4, mi celular empieza a sonar. Lo saco del bolsillo y observo con asombro que no es un número guardado. Aún más sorprendente es que se trata de un número de Italia.

20

TIFFANY

«Pero, ¿qué te estás imaginando?», murmura Amhale.

Su hermana sacude la cabeza y le pone los ojos en blanco. ¿No solo importa el hecho de que le susurre que algo anda mal?

«Somos prisioneras de una persona seriamente enferma», le digo.

Ella frunce el ceño y me invita en silencio a contarle más mientras Amhale sacude la cabeza frenéticamente.

Ignorando a la mayor, que claramente quiere que me calle, le doy a la más joven una versión diluida de la realidad. Diluida es una palabra importante. ¿Cómo puedo hacerle entender a una chica de dieciséis años que hay personas que disfrutan masacrando a otras?

«Es un pervertido, le gusta torturar a la gente y algunas de las chicas de las que se aprovechó nunca han sido encontradas».

«Pero, ¿qué estás diciendo?», exclama Amhale.

Su hermana le pone una mano en la boca para hacerle

entender que debe bajar la voz. Cuando Malaika la deja hablar nuevamente, Amhale vuelve a susurrar.

«Está bien, a la mejor es de los que es un poco curioso en la cama», admite.

¿Un poco curioso? Hablando de un eufemismo. Dudo en corregirla, porque comprendo su deseo de no traumatizar a su hermana.

«¿Quieres decir que le gustan las volteretas al estilo Christian Grey?», pregunta la pequeña.

Amhale la mira fijamente con expresión consternada.

«¡Pero ya tengo dieciséis años!».

Si la situación no fuera tan grave, sería cómica. A los dieciséis años imagina que ya lo ha entendido todo, aunque no sabe nada. Bueno, no mucho.

«Si las tres nos organizamos bien, podemos salvarnos», les digo. «O al menos hacer lo que sea necesario para sacar a una de nosotras para que vaya en busca de ayuda».

«Estoy de acuerdo», responde Malaika, aplaudiendo como si estuviera anunciando una invitación tras bastidores a la gira de su grupo favorito.

«Queda fuera de lugar que pongas a mi hermana en peligro», dice Amhale, colocándose entre ella y yo como si yo fuera la verdadera amenaza.

«¡Pero no quiero ponerla en peligro, quiero encontrar una manera de salvarnos las tres! Todas estamos en el mismo barco», les digo.

Amhale se encoge de hombros. No me cree.

«¿Por qué te mentiría? Piénsalo, me fui, fui libre y volví por ti».

«Pero no es lo mismo contigo», dijo finalmente.

«Por qué no?», le pregunto intrigada.

«¡Solo te compró para presionar a tu padre!», me grita como si estuviera ofendida.

¿Pero qué está diciendo?

¿Qué podría querer un tipo como Gamboni, un gran comerciante de arte, de un comerciante de segunda mano en algún remanso de los Estados Unidos? Por supuesto, también tiene el título de conservador del museo de quinta categoría de Defiance, la pequeña ciudad de la que también es alcalde. Pero "museo" es una palabra grande para la media docena de piezas que conforman la parte cultural del centro municipal de mi ciudad natal.

Después de haber hecho mis deberes durante años en la oficina de mi padre después de la escuela, me sé de memoria todas las costras que tiene adheridas, y ninguna se acerca a todo lo que he podido ver en las paredes de Gamboni, hasta ahora.

«¿La compró? Él la COMPRÓ y ¿solo dices que tiene un poco de curiosidad?».

El asombro que veo en el rostro de Malaika me demuestra que esta joven tiene la cabeza firmemente apoyada sobre los hombros. Está legítimamente horrorizada de que alguien pueda comprar y vender a un ser humano.

«Sí, en una subasta», responde Amhale. «Por varios cientos de miles de euros, por lo que he oído».

«Oye, no sé qué te ha contado, pero de todas formas es verdad. Recuerdo que me vendieron en una subasta. Pero bueno, lo importante es que tenemos que salvarnos, porque no creo que tenga intención de dejarnos libres».

«Pero él me prometió que…».

«¡Amhale!», Malaika y yo la interrumpimos al unísono.

Baja la vista y suspira profundamente.

Gracias a su hermana se levantó el velo de negación que cubría modestamente nuestra situación. Por fin podremos empezar a hablar en serio.

«Malaika, ¿cuánto tiempo llevas aquí?».

«Una semana, ¿por qué?».

«Para saber si tuviste tiempo de recorrer el lugar».

«Sí, claro, lo exploré todo, desde el sótano hasta el ático».

«¿Y en tus exploraciones no habrías encontrado la manera de sacarnos discretamente de la propiedad?».

Abre los brazos y gira las palmas hacia el techo, como para llamar al cielo para que sea testigo de la estupidez de mi pregunta.

«¿El Papa es católico? ¿Los italianos comen pasta?», burlonamente responde.

A mi pesar, me eché a reír, pero antes de que pudiera preguntarle más, nuestra reunión cumbre es interrumpida por un golpe en la puerta.

«¡Abran la puerta!», grita una voz de hombre. «Abran la puerta o la destruiré».

Malaika se da vuelta y abre la puerta hacia ella, revelando al chofer de Gamboni, con el puño en alto, listo para tocar nuevamente.

«¿Por qué querrías destruirla si nunca ha estado cerrada?», ella le pregunta con una sonrisa inocente.

Explora la habitación y se acerca para cerrar los grifos.

De repente el nivel de ruido se vuelve más aceptable.

Me señala con el dedo y luego me hace un gesto para que lo siga.

«No te preocupes, te esperaremos», me susurra Malaika cuando paso junto a ella.

La besaría si pudiera, pero el matón de Gamboni no me da tiempo para hacerlo.

«¡*Subito*!», me grita apresurándome.

Lo sigo hasta la planta baja y luego hasta la sala de estar por la que pasamos cuando llegamos.

Mi carcelero jefe está sentado en uno de los sillones.

Levanta la vista de su teléfono cuando nos escucha entrar a la habitación.

«Qué amable de su parte en aceptar mi invitación», me dice, con una voz lo suficientemente dulce como para poner a un diabético en coma profundo. «La estaba esperando para que haga una llamada».

21

JIMMY

M iro mi pantalla por un segundo más. No mucha gente conoce este número. Podría tener la vana esperanza de que fuera Tiffany, pero ni siquiera puedo pensar que sea ella.

Porque no pensabas que volverían a estar separados.

«Summers», contesto a modo de saludo a quien me llama misteriosamente.

«*Signore* Summers», responde una voz con un acento que no tengo problemas para identificar.

La pequeña tensión que se había evaporado de mi cuerpo se apoderó de mí nuevamente.

«Gamboni, ¿qué es lo que quiere?».

El hecho de que diga el nombre del matón italiano llama la atención de mis amigos. Les hago señas y pongo la conversación en altavoz.

«Creo que tiene algo que me pertenece, ¿no?».

Se cuida de articular cada una de sus palabras, con indiferencia, como si esta conversación ya lo estuviera aburriendo. Sin embargo, sé que es una trampa, de lo contrario no me llamaría, y menos tan pronto.

También puedo ver que Ted está molesto. El plan era implementar una estrategia y luego contactar a Gamboni. Al actuar primero, nos toma por sorpresa.

«Todavía tengo la memoria USB, si es de eso por lo que está llamando», respondo con una voz que espero sea lo más tranquila posible.

«Bien, bien. Como puede imaginar, Sr. Summers, no aprecio mucho que esté en posesión de algo que me pertenece. Ni siquiera estoy hablando de cómo lo consiguió. Hizo un verdadero desastre en mi propiedad, esa puerta era una pieza de hierro invaluable», emite un pequeño suspiro, sé que se anda con rodeos para molestarme. Y de alguna manera funciona.

«Quiero hablar con Tiffany», le respondo.

Ken me pone los ojos en blanco. Sé que para lograr mis objetivos no debo molestarlo.

«Pero claro, ella está justo a mi lado», responde Gamboni con una voz más suave.

Supongo que se aleja del receptor, porque lo escucho un poco más lejos. «*Bella*, acércate. Tu novio quiere asegurarse de que aún no me he deshecho de ti».

Aprieto mi puño libre para evitar explotar. Saber que se encuentra en la misma habitación que esta basura, que respira el mismo aire que él, es difícil de soportar.

«¿Jimmy?», pregunta con voz asustada. «Eres tú?».

«Sí, soy yo. Escucha, vamos a ir a buscarte. No te preocupes, sabes que no te voy a abandonar».

«Sí, sí, Jimmy, yo…».

Pero me doy cuenta de que Gamboni ya le arrebató el teléfono. Si hubiera podido tener unos segundos más, habría intentado arrancarle algunas palabras, una pista de dónde podría estar.

Es la voz de Gamboni la que se reanuda, mucho más dura que antes.

«Tiene algo que quiero recuperar, yo tengo algo que usted quiere. Nos vemos mañana para hacer el intercambio, a las 10 horas en la 'Piazza della Signoria' en Florencia, cerca de la estatua de David».

No tengo tiempo de decir una palabra, porque él ya ha colgado.

«¡Mierda!».

Toco frenéticamente la pantalla de mi teléfono inteligente para devolver la llamada al número al que me llamó. Me encuentro con un contestador, el mensaje ni siquiera está personalizado. Al siguiente segundo, recibo un mensaje de texto.

Venga solo y no intente ni por un solo segundo de contactar a la policía, lo sabré. Si se filtra al menos una parte de la información contenida en la memoria USB, nunca volverá a ver a la chica.

Ninguno de nosotros habla. Cada uno está asimilando estas nuevas reglas del juego a su manera. Finalmente es Ken quien dice, «Si queda contigo de verse en un lugar público, es una muy buena señal. Es porque no piensa en dispararte de inmediato».

«Esta información realmente me calienta el corazón, gracias», respondo con sarcasmo.

«Dame tu teléfono», ordena Ted.

Se lo entrego, entendiendo que quiere obtener información de él. Saca el suyo y se pone en contacto con alguien de su oficina, supongo, para pedirle instrucciones. Él dicta mi número y el de mi corresponsal.

«Seguro que te das cuenta de que es uno de esos modelos de prepago de los que se deshará rápidamente», le digo, no muy convencido de la utilidad de tener esa confirmación.

«Sí, pero voy a rastrear la llamada y ver por qué terminales de retransmisión pasó. Esto nos dará una indicación de su ubicación», me confirma Ted.

«Eso no es muy preciso», comenta Élodie.

«Sí, pero si no sabemos exactamente dónde están, al menos podremos tener una idea de la zona. E investigando un poco, podamos encontrar algo parecido a una pista», explica él.

Ella asiente. Ted tiene su computadora portátil afuera y la chica francesa se sienta a su lado para verificar su progreso, supongo.

Por mi parte, me quedo a unos metros del coche con Ken.

«Habló solo de una chica. Liberará a Tiffany, pero no a Amhale», suelto yo.

Ken suspira.

«No lo sabemos, pero desde donde estaba no me dio la impresión de que Amhale quisiera huir. Y.... no sé... si logramos salvar solo a Tiffany, tal vez no esté mal».

Le doy una mirada que espero sea fría como el hielo.

«Si hubiera sido otra persona, que no fuéramos nosotros los que hubiéramos ido a liberar a las chicas en Cannes, ¿te hubiera gustado que alguien dijera "ya he salvado a una de ellas, lástima de la chica Madison, no podemos salvar a todas"?».

Mi amigo tiene la buena idea de parecer avergonzado.

«Lo siento amigo, eso no es lo que quise decir. Tienes

razón. Estoy agotado, estoy diciendo estupideces», se disculpa.

Tiene razón. Todos estamos nerviosos y no hemos parado en estos últimos días, entre nuestras aventuras en la Costa Azul para salvar a Madison y ahora este viaje, persiguiendo a Tiffany en Italia.

Pero Ted nos saca de nuestra discusión. «¡Vengan a ver! Logramos rastrear el teléfono».

«¿Y?», pregunto.

«Gamboni y Tiffany están en Florencia. En el barrio de Oltrarno, al otro lado del "Ponte Vecchio" de tu reunión de mañana».

Me acerco a Ted y veo una vista satelital del área en su pantalla.

«¿Sabemos un poco más? ¿Podemos saber en qué calle?».

«Cuando combinas los datos de las diferentes antenas repetidoras, te da esta área», me muestra. «Pero como puedes ver, son varias cuadras».

«Élodie, en la investigación que hiciste sobre las propiedades de Gamboni, ¿encontraste algo en el área?».

«No, como dije, no tiene nada en Florencia, aparte de un departamento alquilado en otra parte de la ciudad. Acabo de comprobar que no hay ningún hotel que ocupe habitualmente en la zona».

Se hace un silencio de unos segundos. «Entonces, básicamente, ¿no tenemos forma de saber en cuál de estos edificios se encuentra?», afirmo.

Mis amigos intercambian miradas, pero ninguno se apresura a darme una respuesta.

22

TIFFANY

«¿Sigue aquí?», Gamboni finge sorprenderse tras colgar. «Ya puede retirarse».

El chofer que estaba a dos pasos de mí camina hacia adelante.

Levanto las manos mientras me acerco a él para hacerle entender que no es necesario que nuevamente empiece a clavar sus cinco dedos en mi brazo para que lo siga.

«Una cosa más», dice Gamboni.

Me detengo y me giro para escucharlo.

«Como ha escuchado, mañana por la mañana tenemos una reunión con su amigo. Así que agradeceré que esté lista a las 9 en punto. Odio llegar tarde».

«Estaré lista», le digo.

«No tengo duda al respecto. Hasta entonces puede volver a susurrar en el baño, si eso la divierte. No tengo por costumbre espiar las conversaciones».

Pero sí, es verdad... El señor tiene muy buenos modales para escuchar a escondidas...

Me sorprendería que simplemente observara a sus invitados en el baño o la ducha, pero bueno, por otro lado, este tipo es tan raro que definitivamente podría estar diciendo la verdad.

El chofer me acompaña escaleras arriba y luego se da vuelta.

En el pasillo, la puerta del dormitorio de las dos hermanas está entreabierta.

Se escapa una música ensordecedora. Toco tres veces, lo suficientemente fuerte como para que puedan escuchar, e inmediatamente Malaika abre del todo, me agarra del brazo y cierra la puerta detrás de mí.

La habitación está tan profusamente decorada como la que visité antes, pero tiene dos camas en lugar de una. Sin embargo, lo que marca la verdadera diferencia entre ambas es que esta no parece salida de un catálogo de muebles. Parece habitada. Ocupada por una adolescente que aún no ha aprendido a conjugar el verbo 'ordenar'. El feliz desorden hace que la habitación se sienta más cálida.

O tal vez sea el hecho de que no veo ninguna cámara en la habitación.

Amhale se ha cambiado. Lleva una camiseta que le queda demasiado grande y lo que deben ser los leggings de su hermana. Dada su diferencia de talla, queda cubierta hasta la mitad del tobillo.

«¿Cómo estás?» Amhale me pregunta tímidamente.

Pongo los ojos en blanco y me guardo las diversas respuestas sarcásticas que vienen a mis labios.

Malaika se interpone entre ella y yo y toma mis manos entre las suyas.

«Amhale me contó lo que pasó. Se culpa mucho a sí misma, ¿sabes? Volviste para liberarla y ella... bueno, te atrajo de regreso a la guarida del lobo».

Malaika lo resumió perfectamente.

«Pero no tuvo otra opción», continúa la más joven. «Lo que hizo, lo hizo para protegerme».

La franqueza de Malaika es tan cautivadora que mi ira desaparece como un susurro. Si hubiera estado en el lugar de Amhale, ¿habría hecho lo mismo para salvar a mi hermana? Sinceramente, no lo sé. Pero éste no es el lugar ni el momento para devanarse los sesos y responder a esta pregunta. Lo hecho, hecho está.

En cualquier caso, una cosa es segura; no olvidaré la lección. Ahora sé que no puedo contar con Amhale.

Asiento suavemente para hacerle saber que escuché lo que dijo, pero, al malinterpretar el significado de mi gesto, Malaika salta sobre mi cuello, riendo.

«Sabía que lo entenderías», exclama. «¿Ya ves? ¡Te lo dije!», lo dice dirigiéndose a su hermana.

Sin darnos tiempo a decir una palabra, Malaika sube el volumen de la radio despertador de su mesita de noche y vuelve a sorprenderme.

«Pues bien, ¿nos vamos ahora o esperamos hasta mañana por la mañana?», pregunta Malaika.

«¿Ahora? ¿Podríamos irnos ahora?», pregunto.

«Pues sí, claro. El único problema son los zapatos», dice Malaika, señalando los pies descalzos de su hermana.

«No importa, no es que vayamos a correr una maratón», responde la joven.

Sin duda, pero todavía vamos a tener que caminar un rato. Como no veo que volvamos a bajar para preguntarle a Gamboni si no tendría la amabilidad de darnos las cosas de Amhale que arrojó en el maletero de su auto esta mañana, necesitamos otra solución.

«¿Qué llevabas puesto antes?».

Ella y Malaika giran la cabeza hacia un rincón de la alfombra donde cuelga un precioso par de sandalias negras de tacón alto. En un santiamén, le arranco los tacones y se los entrego a Amhale.

«Problema resuelto», declara Malaika mientras su hermana se pone los zapatos mutilados que se han vuelto perfectamente planos. Así que, aquí vamos.

«¿Así nada más? ¿En serio?», pregunto asombrada.

Malaika me lanza una mirada burlona como si mi incredulidad la divirtiera.

«Vamos, sígueme», dice, «pero en silencio, ¿de acuerdo? Si no hacemos ruido, ya verás, no hay nada más sencillo».

Si nunca antes había salido a caminar es porque para mí por sí solo no significaba nada y, es más, no habría sabido adónde ir.

Salimos de la habitación donde ella deja sonar la música a todo volumen y, de espaldas a la preciosa escalera monumental por la que llegamos arriba, tomamos una pequeña escalera de caracol cuya entrada se esconde entre la madera del piso superior, en el otro extremo del pasillo.

A juzgar por las telarañas, la cantidad de polvo que cubría los escalones y el mal estado de la pintura, esta parte de la casa estuvo abandonada hasta que Malaika descubrió su existencia.

La puerta cruje cuando Malaika la cierra detrás de nosotros y nos encontramos en completa oscuridad.

Malaika enciende una cerilla y nos hace un gesto para que la sigamos.

Bajamos las escaleras con cuidado.

¿Cómo descubrió este pasaje?

Me consume la curiosidad, pero las preguntas vendrán después.

Nos pidió silencio.

La primera cerilla se enciende, Malaika enciende una segunda y luego una tercera hasta que llegamos a un rellano.

Otra cerilla y, de repente, la luz se vuelve más brillante.

Malaika encendió una vela en uno de esos candelabros antiguos con un anillo para pasar el dedo.

Estamos en lo que parece ser un magnífico sótano abovedado lleno de cosas viejas y olvidadas. En el suelo, entre los muebles amontonados, el polvo es tan espeso que creo que tiene cien años. Si creo en las huellas claramente visibles que dejó nuestra incipiente exploradora, hace bastante tiempo que nadie ha estado aquí.

Vuelve a colocarse un dedo en los labios para recordarnos que debemos guardar silencio y nos conduce a través de este trastero que sin duda haría las delicias de algunos comerciantes de cosas de segunda mano.

Una vez que llega a lo que debe ser el otro extremo del sótano, levanta el brazo y nos deja ver que efectivamente la mantuvieron ocupada cuando la dejaron libre para deambular por la casa.

Contra la pared, una sólida mesa de madera que debió haberle costado una eternidad arrastrar hasta allí. Colocó una silla sobre la mesa. La paja tejida del asiento ha tenido mejores días, pero la estructura todavía parece sólida.

Malaika se sube a la mesa y levanta su vela. A la altura de sus ojos hay un respiradero.

Coloca la vela sobre la mesa y se sube a la silla antes de abrir la puerta de metal.

El chirrido de las bisagras agarrotadas se siente como un ruido ensordecedor en el silencio de la noche, pero no parece provocar otra reacción que un fuerte aumento de mi ritmo cardíaco.

A través de la abertura, lo suficientemente ancha para que podamos pasar, veo la calle débilmente iluminada por una farola.

Malaika se apoya en el borde de la abertura y sale.

Una vez afuera, se da vuelta y le extiende la mano a su hermana que ya se ha subido a la mesa. Amhale se sube a la silla y, cuando pasa junto a su torso en la acera, la silla parece a punto de rendirse.

La prudencia dictaría que busque otra, pero temo que nos descubran en cualquier momento.

No vi una cámara en la habitación de Malaika, pero tal vez había una en el pasillo... E incluso si no la hubiera, Gamboni podría sentir una repentina necesidad de pasar un poco más de tiempo con Amhale...

Me obligo a respirar profundamente.

Ahora no es el momento de entrar en pánico.

Esta silla durará unos minutos más.

A mi vez, me subo a la mesa y luego, con las manos apoyadas en el respaldo de la silla, coloco un pie en un lado del marco y luego en el otro.

Este edificio es ahora un auténtico castillo destartalado.

Solté la parte superior del asiento para agarrarme a la abertura de la ventana.

Amhale me tiende la mano. La agarro.

La silla cruje, una de mis piernas está en el aire, luego la segunda.

¡Me voy a caer!

Pero no, Amhale me está sosteniendo.

Ella grita para alertar a su hermana, quien se apresura a ayudarnos.

Sentada en la acera, Malaika me agarra la segunda mano y luego, con los pies apoyados contra la pared del edificio, se preparan para jalarme.

Con su ayuda y contorsiones contundentes, finalmente logro apoyar mi torso en la acera.

Un esfuerzo más y estoy fuera.

Solo necesito un minuto para recuperar el aliento.

Excepto que no tengo un minuto.

Siniestros crujidos me hacen comprender que solo tengo unos segundos antes de que nos vean.

Doblo las piernas hasta que puedo levantarme.

Una vez que estoy en la acera, miro hacia atrás. Eso es lo que pensé. Los pedazos de la silla que cedieron bajo mi peso arrastraron consigo al candelabro con su caída.

Hay que darse prisa.

Tirando de Malaika detrás de mí, que todavía sostiene mi mano y la de su hermana, empiezo a correr.

La madera seca se encendió como una cerilla.

Creo que acabo de prender fuego a la casa de Gamboni.

23

JIMMY

Las calles de Florencia ya dormían cuando llegamos allí. Una vez más, Ted tomaba el mando. Nos encontró alojamiento para pasar la noche. Este tipo ya tenía la reputación de ser una auténtica navaja suiza cuando estábamos en el ejército, siendo justo decir que no solo *tenía* la reputación.

Llevó el 4x4 hasta el patio de un edificio. Con la nariz enterrada en su teléfono móvil, un chico se levantó de una pequeña silla en la que estaba sentado. Intercambiaron algunas palabras en italiano y luego el tipo señaló un lugar. Ted lleva el vehículo para estacionarlo ahí. Por lo que nos acaba de explicar, es tan complicado estacionar en el centro de la ciudad que necesariamente hay que utilizar estos garajes privados. Nuestro apartamento para pasar la noche está a unos cien metros de aquí.

«No dejen nada en el auto», nos dice Ted. «No quiero comprobar si su sistema de videovigilancia es realmente fiable».

Señala con la barbilla una cámara obsoleta que, apuesto a que no funciona.

Cogemos nuestras cosas y tras cerrar el maletero, lo seguimos.

«¿A menudo vienes a esta zona por motivos de trabajo?», pregunta Élodie.

«No. Regularmente tengo misiones en Italia porque *"Riviera Security"* tiene su sede en Mónaco, muy cerca de la frontera italiana, pero la última vez que vine a Florencia no fue por trabajo».

No dice más y Élodie no hace ninguna pregunta. Creo que está empezando a entender al personaje. Ted no es muy hablador cuando se trata de su vida privada. Yo mismo sé muy poco de él. Y, sin embargo, pasé horas con este tipo en el polvo o en el barro, esperando, matando el tiempo. Hubo ocasiones en las que podría haberme contado un poco más sobre sí mismo. Pero no soy alguien que haga demasiadas preguntas sobre el pasado de las personas. Yo, si puedo evitarlo, lo prefiero. Así que lo respeto. Sin embargo, tengo preguntas que me tienen quemando la lengua desde hace meses, y más desde que estuvimos con él en Europa. ¿Por qué Ted dejó el ejército de la noche a la mañana para vivir en la Riviera y fundar su propia empresa? ¿Y cómo consiguió que el negocio funcionara tan bien y con tanta rapidez?

Pero esas son preguntas para otro día, cuando Ted señala una puerta enorme.

«Es aquí».

El nuevo código digital parece incongruente al lado del viejo panel de madera. Escribe una serie de números y suena un discreto pitido. Al segundo siguiente entramos en un pasillo oscuro. Ted nos hace subir una escalera que cruje bajo nuestro peso. En el primer piso hay otra puerta, también protegida por código digital.

Una vez realizado este segundo paso, me asombra descubrir un piso reformado. Todo es moderno y apenas se huele la pintura fresca.

Ken deja escapar un silbido de admiración.

«Ya veo, nos has vuelto a traer a otro agujero de mierda».

Ted simplemente se encoge de hombros. Luego señala las puertas del pasillo.

«Ken y Élodie, pueden ocupar la habitación del fondo, Jimmy la del medio y yo la primera».

Bien, o sea, él ya ha estado aquí.

De la mano, la pareja de enamorados se dirige hacia la habitación destinada para ellos, como si acabaran de llegar a un hotel de alojamiento y desayuno para pasar un fin de semana solos. Apenas nos dieron las buenas noches antes de desaparecer.

Ted me mira con recelo desde la encimera de la cocina.

«¿No irás a dormir? Mañana vamos a tener que estar al 200 % de nuestra capacidad», me dice.

«Lo sé, pero…».

«Sabes que ella no está muy lejos, y estás ansioso por ir a buscarla», terminó él por mí.

«No siento que pueda dormir ahora mismo. Creo que daré una vuelta a la manzana. Ya sabes… solo para tranquilizarme un poco y poder dormir», le comento.

«Ajá».

Finge comprenderme, pero ambos sabemos que es una tontería. Todo el mundo sabe que mi superpoder es dormir en cualquier lugar y en cualquier momento. Al menos… ese era el caso antes.

«Te enviaré el código de la puerta a tu celular», dice, recogiendo su bolso del suelo, probablemente para ir a descansar también. «No vuelvas demasiado tarde a casa».

«Sí, mamá», gruño.

Da unos pasos y luego se da vuelta.

«Jimmy. Toma tu arma y….».

Duda, no sé si de repente se siente demasiado paternalista o si simplemente está preocupado.

«Llámanos antes de hacer alguna estupidez», añade antes de desaparecer definitivamente.

No me he acomodado en el lugar, por lo que no tardo más de dos segundos en salir del apartamento. Salgo del edificio, la calle está tranquila.

Dudo. ¿Derecha? ¿Izquierda? Empiezo por el lado que me parece más atractivo. Aquel donde los edificios son los más lujosos. No puedo imaginarme a Gamboni quedándose en un agujero de mierda.

Camino unos cientos de metros hasta llegar a un cruce. Me dejo llevar por mi instinto, mi intuición. No hay verdadera lógica en mi deambular. Rastreo cada figura que camina, cada ventana iluminada. Espero ver aparecer allí una bonita rubia con el pelo largo. Pero los minutos pasan sin ningún resultado.

Llego a una pequeña plaza. De repente hay conmoción. Algunas personas corren, otras salen a la calle en pijama y pantuflas.

¿Qué esta pasando?

Una patrulla está estacionada a la entrada de una calle. El faro intermitente proyecta una luz azul sobre los edificios circundantes. Me acerco.

Entonces me doy cuenta de que un edificio está en llamas. Un humo espeso se escapa hacia la noche oscura. Desde donde estoy, puedo ver fácilmente las llamas lamiendo la fachada a través de lo que debieron ser ventanas. Sin pensarlo mucho, voy en esa dirección. Pero uno de los policías de turno me llama al orden, «¡*Signore*!».

La calle está cerrada. Esto es normal dado el incendio; desde donde estoy puedo sentir el calor que desprende.

Me acerco a la gente reunida alrededor del coche de la policía. Le pregunto a una señora. «¿Sabe lo que pasó?».

Básicamente me dice que no sabe nada al respecto. La pobre mujer se ve muy triste al ver el edificio convertirse en cenizas.

«Sí, esto es una desgracia», se lamenta. «¡Un hermoso edificio con tanta historia! Otra de las joyas de Florencia que está desapareciendo. Al menos esta vez no es gracias a un promotor inmobiliario. Aunque, tal vez si fue uno de ellos quien le prendió fuego para recuperar el terreno».

«¿Era un edificio muy antiguo?», le pregunto.

No sé por qué le hago la pregunta, no debería animarla a hablar, porque siento que no va a parar de hablar por horas. Pero tal vez necesito dejar de pensar en algunas cosas.

«¿El Palacio Moretti? Sí, efectivamente tenía trescientos años. Su propietario había realizado importantes trabajos en el interior. Mi prima María limpia allí, he oído que es suntuoso».

Ella continúa balbuceando, pero de repente ya no puedo oírla. Porque en la esquina de la plaza, en la penumbra, una silueta me llama la atención.

Alta, pelo largo...

Corro. Otro de mis superpoderes habituales: soy mejor corriendo que muchos de mis colegas. Pero allí mi avance se ve dificultado por la multitud de curiosos. La joven desaparece en un callejón, yo grito. «¡Tiffany!».

Pero no me escucha.

Empujo a un hombre y me lanza un montón de maldiciones fuertes. Ni siquiera me disculpo y salgo corriendo al callejón.

Finalmente la veo.

La agarro del brazo y la giro hacia mí.

Ella grita.

Y hay algo que decir a su favor. Porque en el momento en que encuentro su mirada, me doy cuenta de mi error. No es Tiffany. Solo una rubia alta con pelo largo.

La suelto y comienza a correr.

«¡Lo siento, te confundí con otra persona!», alcanzo a gritarle.

Pero creo que mis disculpas son en vano. Le acabo de dar el susto de su vida. Me consuelo diciéndome que tal vez ella aprenda la lección de que nunca es bueno caminar sola de noche. Seguramente Élodie tendría algo que decir al respecto. Pero ella sabe defenderse. Estoy seguro de que, si ella estuviera en el lugar de esa chica, yo estaría en el suelo, probablemente con algunos huesos rotos.

Paso una mano por mi cara. Estoy solo otra vez. No hay una sola ventana iluminada en este callejón. El alumbrado público apenas funciona.

Estoy solo.

Maldita sea, Tiffany, ¿dónde estás?

No sé por qué pienso en la mujer entristecida por el incendio.

Palacio Moretti.

Este nombre me dice algo. Busco en mi memoria, lo escuché no hace mucho. Al parecer la falta de sueño hace que mi cerebro se vuelva más lento.

Moretti.

Un escalofrío recorre mi espalda mientras se hacen las conexiones.

Elena Moretti.

El nombre falso con el que Gamboni registró a Tiffany cuando consiguió abandonar Francia.

24

TIFFANY

Corremos como tres locas durante unos minutos hasta que Amhale pide clemencia. Nos detenemos y recuperamos el aliento mientras nos apoyamos contra una pared en un callejón desierto. Amhale se quita las sandalias que finalmente han dejado de ser útiles.

«¿Y ahora qué hacemos?», pregunta Malaika.

Esta es una gran pregunta que no sé cómo responder.

Lo primero que me gustaría hacer es llamar a Jimmy para decirle que me escapé y que no debería devolverle la memoria a Gamboni mañana por la mañana, pero no veo cómo podría hacerlo. . . El problema no es que no tenga teléfono, siempre se puede solucionar. Me imagino que si pidiéramos ayuda podríamos encontrar algún transeúnte compasivo que estuviera dispuesto a prestarnos su móvil para llamar. No, el problema es que no sé su número de teléfono y es difícil imaginar cómo podría encontrarlo cuando ni siquiera estoy segura de saber su verdadero nombre. Jimmy puede ser la abreviatura de James o Jim... y Summers es un apellido muy común.

«Vayamos a la embajada», digo en voz alta cuando se me ocurre la idea.

«¿Crees que hay embajadas en Florencia?», me pregunta Amhale.

«Embajada o consulado, no discutamos por eso», le digo.

«Y por qué no vamos a la comisaría más cercana», sugiere Malaika.

«¡De ninguna manera!».

La vehemencia de mi respuesta es tal que las dos hermanas me miran con sorpresa. Tengo que hacerles entender por qué creo que este sería un muy mal plan.

«Esa es una muy mala idea. Gamboni no es un cualquiera. En Italia es un hombre muy famoso que tiene cierta fortuna, pero sobre todo una red de contactos muy poderosa».

«Pero…», Malaika protesta.

«Escúchenme un minuto», les digo, interrumpiéndola. «Tengo miedo de que nos echen, que en la primera comisaría a la que entremos no nos tomen en serio o peor aún, que nos detengan con el pretexto de tomar nuestra denuncia y que le avisen a Gamboni y que…».

Tengo que detenerme a mitad de la frase porque el sonido de las sirenas ahoga mi voz. Desde nuestro callejón podemos ver dos camiones de bomberos circulando a gran velocidad por una calle más transitada.

Tengo un pensamiento sincero para los vecinos de nuestro carcelero. Espero que el fuego no se extienda a sus viviendas y que solo hayamos causado daños materiales.

«¿Y sabes dónde está el consulado de Estados Unidos en Florencia?», me pregunta Amhale.

Su pregunta me parece tan absurda que me echo a reír. Es tensión nerviosa. Realmente quiero preguntarle si sabe dónde está su consulado. Pero no tiene sentido empeorar la situación, así que respondo con calma.

«Hasta la semana pasada nunca había salido de Estados Unidos y, como te dije, este viaje a Italia no estaba planeado, así que no, lo siento. Desconozco si existe un consulado en la ciudad, no sé su dirección, pero no tengo ninguna duda de que podríamos encontrarlo».

«Está bien», dijo Malaika en tono conciliador. «¿Y cómo piensas hacerlo?».

«Bueno, para empezar, sigamos alejándonos más para poder llegar a una arteria importante, un lugar donde haya restaurantes o cafés, y allí te apuesto que encontraremos a alguien que acepte ayudarnos», les dije. Y continúe, «Para mí lo ideal sería un grupo de turistas estadounidenses, pero bueno, tendremos que conformarnos con lo que encontremos y luego improvisaremos. Lo principal es conseguir encontrar a alguien que esté dispuesto a escucharnos y ayudarnos a llegar al consulado».

Malaika asiente y se vuelve hacia su hermana.

«Parece un buen plan, ¿verdad?».

Amhale suspira, pero no comenta nada.

«Así que allá vamos», digo, con más entusiasmo del que siento.

Continuamos nuestro camino hasta llegar a un hermoso lugar. Esto es exactamente lo que esperaba encontrar. Un rincón animado con gente en la terraza. Observo a la gente en la mesa en busca de una señal que me permita reconocer a un compatriota cuando Amhale grita.

«¡Mira, hay policías!».

Y efectivamente, dos hombres vestidos con uniformes negros caminan tranquilamente por la plaza. Antes de que pueda decirles que no interrumpan sus rondas nocturnas, Amhale toma la mano de su hermana y camina hacia ellos.

«¡Caballeros, caballeros!», les grita agitando el brazo.

Por precaución, me alejo a gran velocidad en dirección contraria.

Solo cuando estoy en la esquina, oculta detrás de un edificio, me doy la vuelta.

Amhale y Malaika están charlando con uno de los dos oficiales mientras el otro escanea el lugar como si buscara a alguien... como si supiera que debemos ser tres.

Por un momento me digo que me estoy volviendo paranoica, que estoy teniendo ideas, Amhale debió haber dicho algo así como "nosotras tres" y de repente, por eso me busca... excepto que menos de un minuto después, cuando llega un coche de policía y bajan otros dos *carabinieri* [1], veo a las dos hermanas empujadas contra el vehículo y esposadas bruscamente.

Pero, ¿cómo? ¿Por qué?

Es la sirena a todo volumen de otro camión de bomberos la que responde a mi pregunta. ¡Seguro que Gamboni nos habrá señalado como las que provocamos el incendio!

Ya no puedo arriesgarme a pedir ayuda a nadie. Tengo que permanecer oculta. Sí, eso es todo, me esconderé hasta mañana por la mañana y luego, cuando amanezca, encontraré el camino a la "Piazza della Signoria" para encontrar a Jimmy.

Solo en él confío.

Mientras tanto, sin pensarlo dos veces, la pirómana que hay en mí sale corriendo lo más rápido posible para alejarse de la escena del crimen.

---

1 Carabinieri: es el equivalente de la gendarmería italiana

25

JIMMY

Solo queda una hora…

Los minutos me parecen interminables. Intento, lo mejor que puedo, ocultar mi nerviosismo. Pero no debo estar haciéndolo muy bien porque Élodie me mira de reojo. Sé que ella está preocupada y yo también. Pero tal vez no por lo mismo.

Justo antes de salir del apartamento, Ken me lleva aparte.

«Oye amigo, cálmate. Nunca te había visto así. Todo estará bien, en unas horas se habrá terminado».

Asiento en silencio. Quizá tenga razón.

Dejamos el área en la que pasamos la noche. Tan pronto como nos acercamos al 'Palazzo Pitti' y a los jardines de Boboli, la multitud de turistas se vuelve más densa. Esto contrasta con las calles desiertas en las que pude caminar en la noche.

Cruzamos el río Arno por el 'Ponte Vecchio'. Casi

tenemos que dar empujones para pasar. Solo nos quedan unos cientos de metros antes de llegar a 'Piazza della Signoria'.

Cuando lo logramos, me quedo atónito por un segundo por el esplendor del lugar. Frente a nosotros está el Palazzo Vecchio; el reloj de su torre nos indica que llegamos temprano a nuestra cita. Ted quería explorar visualmente el lugar. Estoy convencido, como mis amigos, de que Gamboni intentará hacer algo.

«Es magnífico», expresa Élodie a mi lado.

«Sí. Al menos, si recibo un balazo y me quedo allí, habré visto el David de Miguel Ángel... ¿cómo dicen los franceses...?», le pregunto.

Siempre tengo problemas con las expresiones ya hechas en francés.

«¿En carne y hueso?», ella sonríe. «Aunque, en el caso de este impresionante David, más bien deberíamos hablar de mármol».

«Es verdad. Y yo, en cambio, tendré que permanecer impasible ante Gamboni, ¿no?».

«Sí, espero que hayas trabajado en tu *cara de póquer*», dijo con su acento melodioso.

Estos pocos momentos de ligereza no me hacen olvidar por qué estamos aquí. Ted y Ken, que estaban charlando en un rincón, se acercan. Este último anuncia, «Élodie y yo vamos a hacer de turistas. Estaremos sentados en la cafetería de aquí mismo», dice, señalando uno de los establecimientos con sombrillas color crema que bordean la plaza.

«Yo estaré cerca de la 'Loggia dei Lanzi'», dice Ted, señalando una especie de galería que alberga varias estatuas espectaculares.

Nos dispersamos, yo me quedo en la plaza, cerca del David, en medio del flujo de turistas que le sacan fotos. Sin embargo, no me dejo distraer. Miro a cada hombre, a cada mujer en esta plaza. Mi formación me enseñó a detectar comportamientos sospechosos de un vistazo. Pero después de cinco minutos, todavía no noto nada especial.

Dudo que Gamboni se presente en persona. Mi teoría es que me enviará un mensajero que se encargará de llevarme a otro lugar, a un lugar aislado donde pueda controlarme más fácilmente.

«¿Nada?», escucho a Ken preguntar a través de los auriculares microscópicos que Ted nos proporcionó.

«¡Qué diablos!», responde Ted.

No participo en la conversación. Ahora no es el momento de tener un segundo de distracción.

«¿*Signore*?». Un niño se para frente a mí y me mira fijamente antes de mirar nerviosamente detrás de él. Debe tener unos doce años como máximo.

¿Entonces es esto? ¿Gamboni envía niños? Sabía que era basura, pero no hasta el punto de reclutar niños menores de edad.

«¿Usted es Jimmy?», pregunta en italiano.

Asiento con la cabeza.

«Sígame. ¡*Subito*!».

Lo hago. Miro hacia Ted. Deja de ver a su guía turística y asiente discretamente.

El niño me lleva hacia el lado de la plaza donde se encuentra la 'Galería Uffizi', el famoso museo florentino de pinturas y esculturas. Pasa delante de la cola de turistas que tendrán que esperar horas antes de poder ver las obras de Leonardo da Vinci.

Caminamos por una hilera de pórticos. Cuanto más avanzamos, más extraño me parece el lugar de encuentro de Gamboni. Solo cuando pasamos la última columna lo entiendo.

No es Gamboni a quien vamos a encontrar.

«¿Tiffany?».

Escondida detrás de la columna, parece agotada. Corro hacia ella y la tomo en mis brazos. No me atrevo a creerlo. Ella está ahí *en carne y hueso.*

Sus manos se aferran a mí como si tuviera miedo de que saliera corriendo. La abrazo tan fuerte como puedo. Y rompe a llorar.

«Shh, cariño, estoy aquí», susurro contra su sien. «Se acabó».

Le doy un beso en la frente. Siento que puedo respirar de nuevo. Yo también me aferro a ella. No quiero que ella me deje nunca más.

«¿Signore?».

Me había olvidado por completo del niño que me llevó hasta ella. Pensar que creí por un momento que trabajaba para Gamboni... me pregunta algo, pero estoy demasiado atónito para entender exactamente qué, hasta que me tiende la mano.

Tiffany levanta la cabeza de mi hombro.

«¿Puedes darle algo de dinero?», pregunta entre sollozos. «Le prometí que si iba a buscarte...».

Ella no necesita decir más. Meto la mano en el bolsillo y saco algunos billetes. Ni siquiera presto atención a cuánto le doy, pero por la mirada en sus ojos, supongo que fui más que generoso. Al segundo siguiente desapareció.

«Tiffany, tenemos que movernos. No podemos quedarnos aquí».

Tengo miles de preguntas que hacerle. ¿Por qué está ella allí? ¿Se escapó de Gamboni? Se me ocurre la idea de que podría haberla enviado como cebo, pero lo descarto inmediatamente. Es lo primero que me habría dicho. De lo contrario, lo habría leído en su cara.

«Tiff», le digo, tratando de separarla suavemente de mí.

Ella coopera y miro detrás de nosotros, al otro lado de la columna. Al mismo tiempo, la voz de Ted resuena a través del auricular.

«¡Maldita sea, Jimmy! ¿Dónde estás? Los hombres de Gamboni están en la plaza».

Agarro la mano de Tiffany. Estamos en un callejón sin salida, no hay cincuenta soluciones. La acerco hacia la fila de turistas.

Cuando ven que nos adelantamos a ellos en la fila mientras esperan tranquilamente, llega a nuestros oídos un aluvión de insultos en varios idiomas, llamando la atención de los hombres de negro que sin duda nos están buscando.

Tengo un segundo para tomar una decisión. No lo dudo. Paso junto a la persona a cargo de revisar las entradas al museo y arrastro a Tiffany hacia adentro.

El guardia de seguridad salta de la silla en la que debe permanecer todo el día con el culo jodido. Pero somos demasiado rápidos para que él se interponga en nuestro camino. Esperemos que tenga la buena idea de frenar a quienes nos persiguen.

Subimos rápidamente las escaleras hacia el primer piso. Cuando llegamos allí, le digo a Tiffany.

«Me hubiera encantado admirar contigo todas estas joyas del Renacimiento, ¡pero ahora creo que vamos a optar por la visita exprés!

26

TIFFANY

Ya hay una multitud en el rellano de arriba. Es la Torre de Babel, cada uno habla en su propio idioma. Los visitantes pueden venir de todas partes del mundo, pero tienen una cosa en común: todos son bajitos. Bueno, más pequeños que Jimmy y yo... nuestras cabezas que sobresalen nos convierten en objetivos perfectos. ¡Pero no! Necesito calmarme. Nadie se va a arriesgar a disparar en estos lugares que albergan los tesoros de la humanidad.

El hecho es que destacamos entre la multitud y, como resultado, quienes nos siguen podrán vernos desde lejos. Tiro de la manga de Jimmy y él se detiene y se gira hacia mí abruptamente, su mano ya se ha deslizado debajo de su chaqueta como si estuviera listo para agarrar un arma.

«Necesitamos mantener la cabeza baja», le digo. «Sobresalimos demasiado».

Sus ojos se abren, pero finalmente entiende cuando me ve inclinada hacia adelante como una de esas ancianas que sostienen su bolso a la altura de las rodillas. Con la cabeza pegada a nuestros hombros retomamos nuestra marcha a pasos rápidos.

Mientras los demás visitantes se quedan con la nariz en alto para admirar el techo, yo mantengo los ojos pegados al suelo. ¿Qué recuerdo del largo pasillo por el que acabamos de caminar? Un magnífico tablero de ajedrez de mármol que nunca termina.

Justo antes de entrar a la siguiente galería, Jimmy se levanta para observar a la multitud. Entonces yo hago lo mismo. Detrás de nosotros, los visitantes avanzan lentamente entre las esculturas de mármol que adornan las paredes del callejón que acabamos de atravesar. Respiro. Los hemos perdido... excepto que... tres hombres se abren paso entre la multitud sin prestar más atención que nosotros a las obras que pasamos hace apenas un instante. Por la forma en que aprieta mi mano, entiendo que Jimmy los ha visto al mismo tiempo que yo.

Sin perder más tiempo continuamos nuestra ruta hacia una de las galerías principales, pero no me hago ilusiones, somos fáciles de localizar. Como leyendo mis pensamientos, Jimmy decide complicar un poco la tarea de nuestros perseguidores entrando en una de las muchas salas que tenemos a nuestra disposición. Paso corriendo junto a un tríptico dorado de impresionante belleza y ya entramos en la siguiente sala.

Desde la galería se escuchan gritos de protesta. Nuestros perseguidores casi nos alcanzan y atacan a una joven rubia un poco más alta que yo. Ella lucha y protesta con vehemencia.

El guardia que vigilaba la habitación en la que estábamos saca un walkie-talkie de su bolsillo. No es necesario hablar una palabra de italiano para comprender que llamó a sus colegas en busca de ayuda. Miro a mi alrededor buscando una salida. En cualquier momento comprenderán que se equivocaron. La mujer que intentan secuestrar grita en alemán, no en inglés.

Es entonces cuando entre dos paneles de madera ricamente decorados con belenes, se abre una puerta hasta ahora invisible. Dos hombres salen corriendo. Antes de que la puerta se cierre, Jimmy la detiene y nos deslizamos hacia lo que debe ser un pasillo de personal.

La puerta se cierra detrás de nosotros. Somos solo nosotros dos.

Nosotros dos, y tesoros increíbles colocados en el suelo apoyados contra la pared. En el aire huele a pintura y a trementina. Es un olor que me recuerda a mi infancia y a mi padre, un cepillo en una mano y un trapo en la otra. Mi viaje al país de los recuerdos no dura mucho, porque de repente nos sumergimos en la oscuridad.

«Maldito cronómetro», se queja Jimmy, soltando mi mano.

Unos segundos más tarde, la luz de la pantalla de su teléfono ilumina tenuemente su rostro mientras enciende la función de linterna. Ilumina las paredes buscando un interruptor cuando vuelve la luz.

Los gritos resuenan desde el fondo del pasillo y es mi turno de abrir una puerta para arrastrar a Jimmy detrás de mí. Apenas ha cerrado cuando se oyen pasos apresurados. ¿Nuevos guardias al rescate de los primeros? Sin duda.

Después de que se van, se hace el silencio.

Con su teléfono, Jimmy ilumina la habitación.

Dos lienzos sobre caballetes, una mesa cubierta de tarros llenos de pinceles. Paletas de madera en desorden. El delicioso desorden de un taller de restauración. No es de extrañar que allí el olor a pintura sea tan fuerte. Lo respiro profundamente y los latidos de mi corazón se ralentizan.

No por mucho tiempo.

Jimmy apaga la luz de su teléfono y se acerca a mí.

Me toma en sus brazos y susurra suavemente, «Pensé que te había perdido. Estaba tan asustado».

«Yo no», le digo, poniendo mis manos en su cara. «Nunca dudé, sabía que me encontrarías y....».

De repente ya no puedo encontrar mis palabras. Los labios de Jimmy están a unos milímetros de los míos, siento su respiración y luego lentamente, como si el tiempo jugara conmigo y pasara a cámara lenta, su boca se posa en la mía.

Es un beso de cuento de hadas. El beso del noble caballero que acaba de salvar a su doncella. El beso de la pastora a su Príncipe Azul. Un beso perfecto en el lugar mágico que ni nos molestamos en admirar.

Pero el tiempo se acelera y el siglo XXI nos llama a regresar.

Acurrucada en los brazos de Jimmy, escucho la voz de Ted a través de su auricular.

«Jimmy, ¿puedes oírme? Es un desastre aquí».

Siento que los labios de Jimmy se curvan en una sonrisa.

«No sé muy bien qué está pasando, pero Gamboni está al borde de una apoplejía. Acaba de recibir una bofetada monumental de una mujer teutónica corpulenta y enojada delante de varios carabineros que se ríen. Hay una buena docena de ellos. Recorren el lugar en busca de una peligrosa pirómana. De aproximadamente 1,80 m, rubia, estadounidense y sumamente peligrosa».

Jimmy y yo nos echamos a reír.

«¿Funciona en ambos sentidos, tu radio?», le pregunto.

Jimmy asiente y me lo demuestra diciendo, «La peligrosa estadounidense ha sido sometida».

«¿Qué quieres decir con sometida? ¡Se rindió voluntariamente!», protesto.

«La prisionera se encuentra en brazos de Jimmy», oigo a Ted estallar en carcajadas.

«Todo lo que tenemos que hacer ahora es encontrar una manera de salir de aquí», me dice Jimmy.

«Oh, si tienes una caja de cerillas, servirá»

«¿Qué?», exclama él.

No se necesita más claridad para adivinar que Jimmy se está imaginando lo peor.

«¡Ay, no, no voy a prender fuego al Museo de los Uffizi!», contesto.

«Ah, sí, eso será mejor», me dice más tranquilo.

«No prenderé fuego, lo prometo, pero sí crearé mucho humo».

JIMMY

«¿Qué tienes en mente exactamente?».

Dejo de lado todas las preguntas que tengo para ella, la primera sería, «¿Cómo lograste escapar de las garras de Gamboni?». Necesitamos concentrarnos en cómo salir de este lío, discutiremos todo eso más adelante.

«Podríamos activar la alarma de incendio. Supongo que el procedimiento es que todos evacuen el edificio si suena una alarma», dice Tiffany.

«Apuesto a que tienen uno de esos dispositivos en los que hay que romper la ventana para activar las sirenas, pero me temo que pronto se darán cuenta de que es un engaño», le digo.

«No, realmente necesitamos poder producir humo y hacer que huela a quemado para mantenerlos ocupados el tiempo suficiente. Pero con todas las cosas inflamables que hay alrededor, no debería ser demasiado difícil», dice, señalando los desechos que nos rodean.

«De todos modos, tendremos que tener cuidado, no quiero incendiar todo el edificio y ser responsable de la desaparición de todas estas obras del Renacimiento. Sin mencionar que anoche los bomberos florentinos ya lo lamentaban con una casa que se incendió cerca de donde estábamos», le comento.

Tiffany abre la boca como sorprendida. Realmente no entiendo por qué hasta que ella pregunta, «¿Estuviste cerca de casa de Gamboni anoche?».

«No lo sé, logramos demarcar el área desde donde transmitía por el teléfono, pero…».

«Jimmy, la casa que se quemó ayer era la de Gamboni. Yo fui quien le prendió fuego».

Una vez más tengo muchas preguntas, ¿cómo lo hizo? ¿Cómo escapó? ¿Dónde estuvo ella anoche?

Pero el tiempo se está acabando.

«¿Tienes un encendedor o algo para prender fuego?», mejor le pregunto.

«No, no tengo nada, ¿y tú?»

«Tampoco. Tenemos que encontrar algo en esta habitación», digo, empezando a rebuscar.

Tiffany me imita, abre todos los cajones de una especie de cómoda y busca uno por uno. Por mi parte, miro alrededor de los estantes. Es poco probable que alguien hubiera guardado un encendedor allí, pero nunca se sabe.

«Mi padre siempre tiene cuidado de no dejar en su taller cosas que puedan provocar un cortocircuito. A menudo dice que, con todos los productos químicos por ahí, se volvería un verdadero infierno en menos de dos minutos», dice Tiffany.

Este comentario de repente me da una idea.

«No necesitamos un encendedor. Necesitamos crear una chispa».

Busco en mis bolsillos esperando encontrar… ¡bingo!

«¡Tengo chicle!», exclamo.

Tiffany me mira fijamente, parpadeando. Es cierto que tener un aliento fresco no es una de mis prioridades en este momento, aunque podría serlo en un futuro próximo. Si logramos salir vivos de aquí, tengo la intención de besar nuevamente a la linda rubia que está esperando que le cuente mi idea.

«¿Has visto pilas por algún lado?», le pregunto.

Ella parece aún más confundida, pero niega con la cabeza. Aunque no me desespero. Miro alrededor de la habitación tratando de ver dónde puedo encontrar las pilas que necesitamos.

«¡El mando a distancia del aire acondicionado! ¡Debe haber alguna ahí dentro!», digo.

Tiffany se apresura a recogerlo. Todavía no le he contado mi plan en detalle, pero supongo que a falta de algo mejor decidió confiar en mí. Mientras espero, desenvuelvo el chicle y me lo meto en la boca.

Tiffany regresa con la pila que sacó de la caja pequeña.

«¿Esta servirá?», me pregunta mostrándomela.

«Perfecta».

«¿Me vas a explicar de qué se trata?», me dice.

«Sí, solo tengo que buscar unas tijeras y…».

Ella me entrega un par.

«Ahí lo tienes, voy a cortar el embalaje en forma de arco. En realidad, está hecho de una fina lámina de aluminio y voy a pegarlo a ambos extremos de la pila usando el chicle. Esto creará un cortocircuito y por regla debería crear una chispa».

«¿Por regla debería?».

«Sí, no he hecho esto desde mi entrenamiento militar. Nos enseñan a hacer fuego con todo tipo de cosas. Pero esta versión es aún más rápida que con un pedernal».

«Sobre todo porque no tengo la impresión de que haya muchos de esos por aquí…».

«Necesito papel, algo para encender».

«¿Estás seguro de que quieres hacer esto aquí? Con toda la trementina que hay y todos los demás productos igualmente inflamables...».

«Lo vamos a encender en el pasillo, solo tenemos que comprobar que haya un detector, y que nadie descubra nuestro engaño demasiado pronto».

Ella asiente.

«Consigue todo el papel que puedas y un poco de madera. Yo tomaré este gran recipiente de metal. Provocaremos el fuego en el interior para evitar que se extienda por todo el edificio».

Una vez listo, abrimos la puerta del taller. No se oye ningún ruido en el pasillo.

«Allí», me muestra Tiffany, «hay un detector».

Instalo el contenedor justo debajo. Tiffany tira la madera y el papel al interior y lo rocía con un producto con potentes vapores.

«Este es el momento en el que podremos comprobar si tengo alma de MacGyver», bromeo, aunque en el fondo estoy nervioso.

[Nota de la T..: *MacGyver", fue una serie de TV de 1985, caracterizada por un agente dedicado a corregir las injusticias del mundo y que no cargaba un arma, pero siempre frustraba al enemigo con su vasto conocimiento científico, a veces los vencía con un clip o con un pedazo de cinta adhesiva, o con lo que encontrara a la mano.]*

Alguien podría aparecer y sorprendernos, y no puedo ni imaginarme la sentencia por incendio provocado en un edificio histórico.

«Retrocede», le digo a Tiffany antes de conectar los dos lados de la pila.

Se produce una pequeña chispa, pero gracias al producto

inflamable, es suficiente para prender fuego al papel. No esperaba que funcionara tan bien; tarda menos de un segundo en estallar una llama frente a mí y casi me quemo la mano.

Nos quedamos un segundo fascinados por el fuego. Y luego, reacciono. Hay que actuar rápidamente antes de que suene la alarma.

«No perdamos tiempo aquí. Al final alguien llegará». Agarro la mano de Tiffany.

«Al menos, esta vez nadie se sorprenderá de vernos correr», afirma ella.

No tengo tiempo para responderle, tenemos que evacuar lo más rápido posible.

28

TIFFANY

«¿Qué prefieres? ¿Deberíamos volver sobre nuestros pasos o nos arriesgamos por aquí?», me pregunta Jimmy, señalando hacia el pasillo del personal.

Dado que este hace una curva, apuesto a que simplemente conecta una sala de exposición con otra, por lo que esa no es realmente una opción.

«Voto por mezclarnos entre la multitud, si bajamos la cabeza, es menos probable que los chicos de Gamboni nos vean», le digo.

Jimmy toma mi mano y empuja la puerta que nos lleva a la ruta normal reservada a los turistas. La puerta se cierra detrás de nosotros y unos segundos después suena la alarma de incendio. Al principio, los visitantes se quedan quietos, como si se negaran a creer lo que escuchan. Aparte del timbre, el silencio es absoluto. Ni una palabra. Ni un movimiento. El ambiente es fascinante, somos los actores de una película puesta en "pausa".

Y de repente alguien grita en una habitación contigua.

¡Tutti fuori, ¡ora! ¡Tutti fuori, ¡ora! (¡Todos fuera, ahora! ¡Todos fuera, ahora!)

El hechizo está roto.

Todos entran en razón.

En realidad, no, todo el mundo entra en pánico.

Todos, excepto Jimmy y yo. Somos los únicos dos que sabemos que no hay nada que temer. Aunque generará mucho humo por todos los químicos que le echamos encima, el fuego está contenido.

Seguimos el movimiento, con la espalda un poco arqueada al principio y luego rápidamente, nos erguimos y comenzamos a correr con los demás. Aprieto la mano de Jimmy con todas mis fuerzas. No quiero soltarla nunca. No quiero perderlo otra vez.

A medida que nos acercamos a la salida, lo miro y mi corazón se acelera. No es por nuestra carrera frenética. La excampeona de atletismo que hay en mí apenas se queda sin aliento. No, lo que me pone en este estado es darme cuenta de que finalmente lo encontré. Es el hombre de mi vida.

Ignoro la voz de la razón, esa voz tan seria y moderada, la que hasta ahora ha guiado todas mis decisiones en la vida. Ella protesta con vehemencia, me pronuncia un discurso perfectamente racional, me explica que, aunque la noción de hombre en mi vida tuviera un sentido, de ninguna manera podría atribuir este título a este hombre al que apenas conozco.

Pero ya no la escucho. Ya no quiero ni escuchar su discurso moralizador. Lo que sé de Jimmy me basta para saber que es un hombre fuera de lo común, un hombre de palabra, el tipo de hombre que toda mujer sueña tener a su lado. Leal, fiel a sus promesas. Incluso una promesa hecha a una desconocida.

Arrastrados por la multitud, nos precipitamos hacia la

plaza donde nos instan a alejarnos de la entrada. No hace falta que nos lo digan dos veces y continuamos corriendo.

«Estamos fuera», le grita Jimmy a Ted.

El ruido de la gente que nos rodea es tan fuerte que me pregunto si los demás pudieron escucharlo.

Llegamos y luego cruzamos el muro de curiosos que se han concentrado para observar lo que sucede y que son mantenidos a distancia por policías uniformados.

Reducimos la velocidad y miramos a nuestro alrededor, cuando de repente una mano me sujeta. Grito. Jimmy se da vuelta y salta como un animal salvaje. Se detiene antes de dar el primer golpe, ¡es Ken!

«Toma», me dice pasándome una sudadera, «ponte esto...».

Arrugo la frente.

Ya tengo bastante calor, ¿por qué quiere que me ponga esto?

«¡Y ponte la capucha!».

Y... la luz entra en mi cerebro. Gamboni denunció a una rubia alta. Si tengo la cabeza cubierta será más fácil para mí pasar desapercibida.

«Paquete recuperado», anuncia Ken, guiñándome un ojo.

«Paquete muy feliz», les digo en voz alta a Ted y Élodie.

Unos segundos más tarde, ha quedado oculto mi cabello, voy escoltada por Jimmy y Ken, me alejo de la multitud de curiosos que esperan, tratando de ver qué pasa a continuación.

Una calle más adelante encontramos a los dos últimos cómplices que nos esperaban con impaciencia.

Saltaría sobre ellos para agradecerles, pero por la expresión sombría de Ted, entiendo que aún no estamos fuera de peligro.

«Perdimos el auto», dice Ted sin rodeos.

«¿Qué quieres decir con que perdieron el auto?», se sorprende Jimmy.

«Creo que debió haber una cámara frente a la casa de Gamboni o en alguno de los caminos que tomamos para salir de su casa, la placa fue reportada a la policía y la empresa de alquiler utilizó el GPS para localizar el auto.

«¿Y cómo lo supiste?», pregunta Ken.

«El tipo del estacionamiento me llamó», responde Ted.

«Entonces Ted tiene razón», comenta Élodie, «siempre vale la pena ser generoso con aquellos a quienes todos tratan como si fueran invisibles».

«Sin mencionar que tenía una voz tan alegre cuando me llamó, que me parece que debe tener una razón personal para querer perjudicar al policía de su barrio que vino a comprobar que el auto realmente estaba allí».

«Entonces, ¿qué hacemos ahora?», pregunta Jimmy.

«Primero, vayamos a casa», decide Ted. «Una vez allí, veremos qué podemos hacer para regresar a Mónaco. Pero antes necesitamos encontrar algún equipo fotográfico».

«¿Qué?», Élodie y yo preguntamos al unísono.

«Y luego llamaré a mi falsificador favorito», continúa Ted, que parece estar pensando en voz alta.

Finalmente, al notar mi mirada de sorpresa, se echa a reír y sacude la cabeza como lo hace uno cuando se enfrenta a la pregunta inocente de un niño pequeño.

«Supongo que Gamboni no tuvo la buena idea de devolverte el pasaporte antes de dejarte ir», me dijo con una mirada pícara.

Respondo negativamente. De hecho, incluso me pregunto si no fue Ouchkine quien se quedó con mi pasaporte.

«Entonces, aunque puedo hacer milagros varias veces al

día, todavía necesito una foto y un buen falsificador que te haga nuevos documentos de identidad si queremos tener varias opciones posibles para regresar a Mónaco».

Deslizando un brazo debajo del mío, da la señal de que nos vayamos.

Jimmy se acerca y me agarra el otro brazo con una mirada tan posesiva que resulta encantador.

«Bueno, ahora que te hemos recuperado», dice Ted, «tenemos algunas preguntas rápidas que hacerte».

«Sí, y la primera es, ¿cómo lograste escapar?», añade Jimmy.

«Oh, muy sencillo, las chicas y yo nos colamos por un respiradero. ¡El problema fue que al salir tiré un mueble y cayó un candelabro y le prendí fuego a su palacio!».

Ted mira a Ken y luego a Jimmy.

«¡No hay duda, sabes elegir a tus chicas!», exclama antes de estallar en carcajadas de nuevo.

29

JIMMY

Miro a Tiffany, que todavía sigue en la ducha. Llegamos al apartamento hace unas decenas de minutos. Ted, Ken y Élodie ya están ocupados en la sala preparándose para lo que viene a continuación.

Decidí dejarlos hacerse cargo. Confío plenamente en ellos y soy completamente incapaz de dejar a Tiffany a más de unos pocos metros de mí. No me importa si parezco loco, pero he comprobado tres veces que la ventana del dormitorio esté muy bien cerrada. Si acepté dejarla sola en el baño contiguo es solo porque no tiene otra salida que la puerta frente a la cual estoy sentado.

Y, sin embargo, tengo un deseo terrible de unirme a ella. Para asegurarme de que todo está bien... y tal vez también por otras razones.

Pero una cosa a la vez.

Después de un momento que me parece interminable, finalmente abre la puerta. Lleva un vestidito de primavera que Élodie fue a comprarle. Su cabello todavía está húmedo, sus ojos están con ojeras por el cansancio, pero ya tiene mejor aspecto.

Ella me regala una sonrisa.

«Pensé que estabas a un lado con los demás».

«No, te estaba esperando», le respondo.

Ella no dice nada. En cambio, viene y se sienta a mi lado en la cama, mientras bosteza. Agarro su mano y la acaricio suavemente con mi pulgar.

«Deberías intentar descansar un poco».

«Pensé que nos íbamos a ir pronto».

«Hay muchos detalles que resolver. Tienes tiempo para dormir un poco».

Ella mira las almohadas.

«Es que…», ella duda.

«Pregúntame lo que quieras».

«¿Te gustaría recostarte un rato conmigo?».

Ella parece tan frágil en este momento. Si acabara de conocerla, me resultaría difícil creer que se trata de la misma mujer que fue capaz de soportar tanto en el espacio de unos pocos días y aún así encontrar la fuerza para escapar.

Me acuesto en la cama y la atraigo hacia mí. Si eso es lo que ella quiere, estoy más que feliz de dárselo. Nos acostamos de frente, cada uno, por un lado. Aparto un mechón de su cabello. Pero ella no baja los párpados como hubiera pensado, sino que me observa con sus ojos grandes y claros que me han fascinado desde nuestro primer encuentro.

«¿Y ahora?» ella pregunta suavemente.

Sé lo que está insinuando, una vez que todo esto termine, ¿qué va a pasar? No tengo una respuesta precisa para darle. Si algo me han enseñado estas últimas semanas es que nunca puedes estar seguro de nada. Pensar que hace apenas unos días regresaba de una misión y me disponía a pasar mis vacaciones en casa… en brazos de otra mujer. Me doy cuenta de que desde que salimos de Estados Unidos ni una sola vez he pensado en Marie. Algunos dirían que es la distancia, pero creo que simplemente no era la correcta. Porque no puedo imaginarme olvidar a Tiffany ni por un segundo, incluso si ya no estuviéramos en el mismo continente.

Pero de ahí a hacer planes para el futuro, prefiero mantener la cautela. Definitivamente Tiffany se siente atraída por mí. Si tuviera alguna duda, el beso que compartimos antes la habría borrado. Pero ¿qué pasará con todo esto cuando volvamos a la realidad? Por ahora, soy su salvador, el que acudió en su ayuda. Y aunque ella solo se debe a ella misma su último escape, supongo que a sus ojos todavía me parezco un poco a su héroe. Pero una vez que la euforia de toda esta situación desaparezca, ¿seguirá queriendo estar conmigo?

¿Querrá un hombre que no pueda prometerle un futuro de cuento de hadas?

Soy militar. Lucho por mi país. Si bien no tengo dudas de que esta afirmación por sí sola representa una fantasía para muchas mujeres, también existe la otra realidad, la que es menos glamorosa. Las ausencias, el riesgo de resultar herido, de sufrir daños por las guerras que tienen lugar al otro lado del mundo y lo que está en juego que no siempre comprendemos. El riesgo de no volver nunca, de dejar a tus seres queridos sin más que una bandera, una medalla y un sentimiento de injusticia.

Y el mero hecho de plantearme todas estas preguntas es algo nuevo para mí. Siempre sentí que las mujeres que compartieron mi vida en el pasado sabían en lo que se estaban metiendo. No tengo ninguna duda de que Tiffany podría entenderlo, pero ¿estoy dispuesto a imponerle una vida de ausencias e incertidumbres?

Entonces, a la pregunta "¿Y ahora?", realmente no sé qué responder. La esquivo con una broma.

«Te habría ofrecido una visita a Florencia, de la mano, pero no me parece una idea muy segura en estos momentos».

«Parece que la Galería de los Uffizi está cerrada por hoy. No veo el sentido de hacer turismo si es para perderse las obras maestras de Botticelli», responde con humor.

Llevo su mano a mis labios y la beso.

«Descansa. No sabemos cuándo tendremos la próxima oportunidad, así que aprovéchala», digo.

Ella se acurruca más cerca de mí y estoy en el cielo. Huele a manzanas, probablemente por el champú que acaba de usar, pero hay algo más. Algo especial.

Muy simple: ella.

Yo también cierro los ojos. Y por primera vez en días encuentro mi superpoder: el de quedarme dormido en poco tiempo.

Tres golpes en la puerta nos despiertan. No sé cuántas horas dormimos, pero dado el sol que entra por las cortinas, diría que es media tarde.

Me levanto para abrir la puerta y descubro que es Élodie a quien han pedido que venga a hacer de aguafiestas.

«Tenemos que irnos, pero antes de eso, a Ted le gustaría tener una actualización», nos dice ella.

Tiffany, que ya se ha sentado en la cama, responde, «Ya vamos».

La ayudo a levantarse y no puedo resistir la tentación de darle un beso en la sien. Con su cabello desordenado y sus ojos todavía somnolientos, me hace desear poder quedarme aquí más tiempo. Pero cuantas más horas pasan, más oportunidades tiene Gamboni de encontrarnos.

Nos reunimos con mis amigos en la sala de estar; gran

parte de nuestro equipo ha sido guardado y está esperando en la entrada nuestra salida.

Cuando veo el rostro sombrío de Ken, inmediatamente comprendo que las noticias no son muy buenas.

«Tengo buenas y malas noticias», anuncia Ted.

Le hago un gesto para que empiece.

«La buena, volvemos a tener coche».

Si eso es lo único positivo que tiene para decirnos, entonces el resto no debería ser tan bueno.

«La mala… en verdad son varias».

Se vuelve hacia Tiffany y le explica, «En primer lugar, me informé acerca de tus dos amigas, Amhale y Malaika, tal como me lo pediste. Siguen en manos de la policía. En las próximas horas serán acusadas de incendio provocado».

«¡Pero fue un accidente!», protesta Tiffany. «¡Y nos tenía prisioneras!».

«Gamboni tiene influencias, por lo que no hay duda de que es su versión de la historia la que corre el riesgo de ser aceptada, más que la de las dos desafortunadas mujeres. Sin embargo, fueron lo suficientemente inteligentes como para pedir hablar con alguien de su embajada. Con suerte, encontrarán ayuda allí. Ted ordenó a uno de sus muchachos que dé seguimiento al caso y nos mantenga informados», le responde Ken.

Puedo ver que Tiffany se siente desanimada por la noticia, pero aun así responde.

«Gracias por ellas».

Ted responde asintiendo y continúa, «La otra mala noticia es que tu foto la difundió la policía, Tiffany. No sé qué le hiciste a Gamboni aparte de prenderle fuego a su casa, pero él realmente te guarda rencor».

Todas las miradas se vuelven hacia Tiffany, quien tampoco parece tener una respuesta. Entonces Élodie pregunta, «¿Hay alguna razón por la que Gamboni te querría más que a nadie, Tiffany? Porque en esta historia, hay algo que no encaja. Bueno, él sabe que tenemos la memoria USB. Pero tampoco es idiota, sabe que actualmente hemos podido realizar copias que se almacenarían en servidores seguros en los cuatro rincones del planeta. Pero, ¿por qué específicamente está tratando de tenerte a ti? No es solo la situación del incendio, ¿me equivoco?».

Tiffany nos mira a su vez y luego termina declarando, «Creo que necesito llamar a mi papá».

30

TIFFANY

«¿A tu padre?», Élodie se sorprende.

«¿Qué tiene que ver tu padre en este asunto?», pregunta Ted.

«Bueno, no sé nada al respecto. Verán, cuando estaba con las chicas en casa de Gamboni, Amhale mencionó algo extraño. Ella me dijo, "Él sólo te compró para presionar a tu padre". No tuve tiempo de preguntarle qué quería decir ya que su hermana quedó horrorizada de que me hubieran vendido, y luego de eso...».

Levanto las manos, con las palmas hacia el cielo, para indicar que el control de la situación se me ha escapado de las manos.

«¿Qué hace tu padre?», me pregunta Jimmy.

«Es un pequeño comerciante de segunda mano en un lugar olvidado de Dios en Florida, llamado Defiance».

Los ojos de los tres hombres se abrieron como platos. Tampoco podían imaginar lo que un tipo como Gamboni podría querer de él. Solo Élodie no reaccionó. Probablemente porque Defiance es tan pequeño que ella ni siquiera sabía que existía.

«Está tierra adentro, cerca de Point Lookout», les expliqué.

Como esto todavía parecía no convencerlos, dibujo un mapa de Florida en el aire y, para darles un punto de referencia, les muestro Miami y luego Palm Beach, puesta en el mapa en los últimos años por uno de nuestros presidentes.

«Así que, por supuesto, mi padre se enfadaría muchísimo si me oyera hablar así de él. Oficialmente, cuando fue elegido alcalde de nuestra ciudad, abrió un museo y se nombró curador del mismo».

Busco mis palabras para hacerles entender que mi padre es un ser de contradicciones. Por un lado, sus pies están firmemente plantados en el suelo. Tiene la fuerza suficiente para administrar un pueblito con un equipo municipal muy pequeño. Lo hizo lo suficientemente bien como para ser reelegido por unanimidad por los votos emitidos en cada elección. Pero mi padre también tiene la cabeza en las estrellas. Su imaginación despegó con los primeros cohetes espaciales y nunca regresó a nuestro hermoso planeta. Tiene su propia visión del mundo del arte y se considera un gran cazatalentos, una especie de genio poco reconocido.

«El único lugar donde su camino podría haberse cruzado con el de Gamboni era en Palm Beach, en una exposición internacional, pero en serio, un tipo como Gamboni habría entendido rápidamente con quién estaba tratando. Si le preguntas a alguien de la zona quién es Mark Gimbles, la respuesta será algo así como "un comerciante de muebles de segunda mano que sufre delirios de grandeza, Dios lo bendiga"».

Los tres chicos se echaron a reír, ante el asombro de Élodie. Es Ken quien le explica porqué es gracioso.

«En el sur de Estados Unidos, si dices algo malo sobre alguien, terminas la frase con "Dios lo bendiga", y de repente ya no es malo, sino una declaración de la triste realidad», le dice.

«Es estúpida comiendo heno, Dios la bendiga», bromea Ted con un perfecto acento sureño.

«No sirve de nada perdernos en conjeturas», declara Jimmy, cortando los chistes. Lo más fácil es llamar a tu papá y preguntarle si tiene alguna idea de lo que está pasando.

Jimmy saca su teléfono celular del bolsillo, pero antes de que pueda dármelo, Ted interviene.

«Sería mejor si ella usara el mío», dice. «Lo pasaremos por la agencia, solo para asegurarnos de que el número no sea rastreable».

La precaución me parece digna de una película de James Bond, pero ahora entiendo que estoy tratando con un especialista en seguridad, así que confío en él. Le doy el número de móvil de mi padre, que él le pasa a alguien de su oficina que nos devolverá la llamada rápidamente.

«Mientras esperamos, tengo que hacerte una pregunta fundamental», me dice Élodie con una sonrisa que desmiente la seriedad de las palabras que ha utilizado. «Mientras dormías, salí a hacer recados y Ted concertó una cita para solicitar tus documentos. Podemos enviarle la foto por correo electrónico a su chico y él nos la entregará en una hora, pero antes de que podamos tomar la foto tienes que tomar una decisión».

Miro a Jimmy inquisitivamente. Parece tan perdido como yo.

«¿Morena o pelirroja?», me pregunta Élodie, sacando dos cajas de tinte de la bolsa.

Vuelvo a pedir consejo a Jimmy cuando suena el teléfono de Ted. Me lo entrega y respondo poniéndome el altavoz.

«Mark Gimbles, ¿en qué puedo ayudarle?», declara mi padre mientras responde.

Cuando no reconoce el número de quien llama, adopta inmediatamente un tono oficial.

«Papá, soy yo», le digo.

«¡Tiffany! Tiffany, ¿eres realmente tú? Pero, ¿dónde estás?».

Ted me asiente. Claro. Incluso si la línea está segura de nuestro lado, puede que no lo esté del de ellos. Entonces le respondo, ignorando su pregunta.

«Papá, ¿conoces a un señor llamado Vincenzo Gamboni?».

No dice nada. Su silencio es ensordecedor.

«¿Papi, papi? ¿Sigues ahí?».

«Sí, sí», respondió en voz muy baja.

Se me hiela la sangre porque no es la primera vez que lo escucho. Me trae a la mente un recuerdo que me hubiera gustado borrar. Era la voz que usó para decirle a mamá que, para regalarle la casa de sus sueños, había ido al Casino de la Reserva Seminole. Excepto que, en lugar de duplicar sus ahorros, había perdido hasta el último centavo.

«Papá, dime, ¿qué quiere Gamboni de ti?».

Otro silencio interminable y luego se recompone.

«Es por la terminal aérea», me dice. «El año pasado compró una de las granjas locales y luego se ofreció a restaurar la pista a su estado original, por su cuenta. No pidió nada a cambio. Entonces claro, dije que sí porque ya ves...».

Lo interrumpo porque ya puedo imaginar que se ve a sí mismo al frente de un próspero aeropuerto que convierte a Defiance en un nuevo destino turístico.

Excepto que Gamboni debía haber tenido otra idea en mente. Geográficamente, Defiance está lo suficientemente bien posicionado como para servir como centro para mucho tráfico desde América del Sur. Obras de arte o drogas, o lo que sea.

«Ya veo, sí. La novia era tan hermosa, tan llena de promesas que te lanzaste de cabeza.

«Tiffany Gimbles, ¡no olvides con quién estás hablando!», grita él. «Sé que has vivido en Nueva York durante varios años, pero tu madre y yo no te criamos así...».

Pero antes de que se lance a dar un gran discurso sobre los buenos modales, cuelgo el teléfono y se lo devuelvo a Ted.

«Si no te importa, llamemos a mi madre», le pido.

Debería haber empezado por ahí.

31

JIMMY

La llamada de Tiffany a su padre me deja perplejo, pero tiene el mérito de proporcionar el comienzo de una explicación. ¿Quizá podremos saber más llamando a su madre?

En cualquier caso, ahora sé un poco más sobre el pasado de la guapa rubia. Rubia, todavía, si lo entendí bien. Y esta noticia no me encanta, me encantan los reflejos dorados de sus mechones.

Por tanto, pasó su infancia en Florida. No conozco bien este estado soleado, solo estuve allí una vez durante un fin de semana, y fue en Orlando para llevar a Madison a Disney World con Ken. Habíamos dormido en un hotel de mala muerte, pero en ese momento la niña estaba tan feliz como si la hubieran alojado en un hotel de cinco estrellas.

Pero algo me dice que el pequeño pueblo en el que creció Tiffany no debe ser tan diferente del que yo vengo, y sobre todo no tiene nada que ver con el bullicio de Miami u Orlando.

Ted le vuelve a pasar el teléfono a Tiffany. Toma el

dispositivo, pero esta vez no lo pone en el altavoz. Entiendo por qué cuando escucho el comienzo de su conversación.

Su madre no debía haber sabido nada de ella desde hacía días. Le toma unos buenos cinco minutos calmarla y asegurarle que incluso si no puede decirle dónde está, está a salvo.

Los demás encontraron algo que hacer en otros rincones de la habitación, solo para darle una apariencia de privacidad. Por mi parte no le quito los ojos de encima. Y cada vez que le recuerda a su madre que está a salvo, me mira.

Sí, te prometo regresarte con los tuyos.

Cuando su madre finalmente parece haberse calmado, le hace algunas preguntas. Su madre le da respuestas, pero no parecen agradarle. Se pasa una mano por la cara, suspira con frustración... Dudo que las noticias sean buenas.

Finalmente cuelga y se toma unos segundos para digerir lo que acaba de escuchar. Me acerco un poco y noto con placer que ella viene a apoyarse contra mí. Deslizo mi mano alrededor de su cintura y le susurro al oído.

«¿Qué te dijo tu madre?».

«No mucho más de lo que ya sabemos. No se mete demasiado en los asuntos de mi padre. Pero últimamente lo notaba agitado. Cuando intentó comunicarse conmigo varias veces y vio que no respondía ninguna de sus llamadas, terminó entrando en pánico. Le preguntó a mi padre si sabía algo y, acorralado, él acabó confesándole que había recibido amenazas. Le contó todo el asunto del aeropuerto. Por otro lado, tengo realmente la impresión de que no saben cómo Gamboni me secuestró. Lo que tampoco entiendo es cómo supo Arkady que Gamboni estaría interesado en mí».

«¿Quizás él también tenía algún interés en este aeropuerto?», sugiero.

«Es una posibilidad», admite.

Ella suspira y se aleja un poco de mí.

«Estoy tan enojada con mi padre. Siempre lo tomé por alguien peculiar, pero incapaz de causar realmente daño... Sé en el fondo que, si hubiera imaginado por un solo segundo que podrían venir por mí, habría actuado de manera diferente, pero él es así. Nunca ve más allá de la punta de su nariz. Yo... no sé si algún día podré perdonarlo. Ahora mismo, estoy tan enojada con él».

Una lágrima rueda por su mejilla. Con el pulgar la hago desaparecer. Tomo su rostro para que me mire.

«¡Oye! Todo estará bien, ¿de acuerdo? Ahora estoy aquí contigo».

A pesar de sus lágrimas, me da una leve sonrisa. No soporto verla llorar; si tuviera el poder de hacer que todo su dolor desapareciera, lo haría inmediatamente.

Entonces, hago lo único que puedo para aliviar un poco su sufrimiento, la beso. Sus labios saben salados, lo tomo como si mi misión en esta tierra fuera hacerle olvidar hasta su propio nombre. El momento es delicioso, yo tampoco estoy ya realmente consciente de lo que nos rodea. Las amenazas, el peligro desaparecen, solo quedamos ella y yo, nosotros.

Sin embargo, un carraspeo nos devuelve a la realidad.

«Perdón por interrumpirlos, tortolitos, pero tenemos una cita para un tinte antes de partir», nos recuerda Élodie.

«Ya voy», le dice Tiffany antes de preguntarme, «¿morena o pelirroja?».

«Sorpréndeme», respondo.

Aunque tenga una ligera preferencia, más allá de su color natural, no quiero imponerle mi elección.

Ella se adelanta y si no la sigo es porque sé que con Élodie está completamente segura.

Mientras están en el baño, aprovecho para contarles brevemente a Ken y Ted la conversación que acaba de tener con su madre. Este último me da una visión general de cómo planea hacernos salir del país.

Cuando unos minutos más tarde las mujeres regresan, una encantadora pelirroja me mira.

«¿Qué opinas?», me pregunta con un toque de incertidumbre en su voz.

«Eres hermosa», le digo, acariciando un pequeño mechón de cabello que se escapa de la trenza que ella hizo. «Tenía miedo de que los cortaras».

«Élodie quería, pero yo no me atreví a hacerlo».

«El color hace resaltar tus ojos».

«¡Tiffany, la foto!», Ted corta.

Ella cumple de buen grado con la sesión y él le envía las fotos por correo electrónico. Veinte minutos después, alguien toca el timbre. Ted va a abrir y regresa con un sobre grande.

«Para mayor seguridad, creé nuevas identidades para todos. Tendremos que deshacernos de las que les di al salir».

Me entrega un pasaporte de Estados Unidos, lo abro y soy *"James Anderson"*. Eso no me cambiará demasiado, siendo James mi nombre oficial. Me inclino hacia Tiffany para descubrir su identidad. "Jenna Anderson". James y Jenna, "JJ", me llama la atención este detalle.

«¿Tenemos el mismo apellido? ¿Las mismas iniciales? ¡Por favor, Ted! Dime que no creaste identidades de hermano y hermana para nosotros».

El hombre alto tatuado me dedica una sonrisa enigmática, luego, ante mi mirada oscura, termina confesándose.

«Tranquilos, son unos recién casados muy enamorados. Puedes darle todos los *besos franceses* que quieras delante de la policía, si quieres».

Me vuelvo hacia Tiffany y le digo, «Esta es la primera vez que me caso con una chica que conozco de hace pocos días».

Solo mi broma fracasa cuando Tiffany pregunta seriamente, «¿Has estado casado alguna vez? ¿Sigues casado?».

Ken se echa a reír y responde, «Te metiste en esto solo, amigo».

Tiffany me observa y me justifico, «¡Pero no! ¡No lo escuches! Nunca he estado casado. ¡Era una broma!».

Miro a mi amigo, quien desvía la conversación preguntando, «¿Y por qué Élodie y yo no estamos casados?».

«Te refieres a *"Renée y Matthew"*», refunfuña Élodie. «No, en serio Ted, ¿de dónde sacaste mi nombre?».

Ted parpadea y pregunta, «Renée, definitivamente es un nombre francés, ¿no?».

«Sí, pero difícilmente te cruzarás con alguien de mi edad con ese nombre. ¡Ese era el nombre de pila de mi abuela!».

«Bueno, si te llegan a preguntar, es un nombre de familia, ni siquiera tendrás que mentir».

Ella no parece contenta con esta explicación, pero Ted interrumpe todas las protestas anunciando, «Bueno, no quiero privarnos de este maravilloso debate sobre las identidades que les hubiera gustado tener o no, pero ahora debemos irnos».

Como un pequeño ejército bien organizado, nos levantamos y en menos de dos minutos salimos del apartamento.

32

———

TIFFANY

Nuestro coche nuevo es exactamente igual al anterior, negro, discreto, cristales ahumados, y es muy natural que ocupemos los asientos que fueron nuestros durante el viaje anterior. Ted conduce y Ken hace de copiloto. Élodie, Jimmy y yo vamos sentados atrás.

Tan pronto como me abrocho el cinturón de seguridad, tomó mi mano y no parecía tener ninguna intención de soltarme. No me quejo, al contrario. Cómodamente acurrucada contra él, saboreo la sensación de nueva seguridad que experimento en sus brazos.

«La ventaja del coche», afirma nuestro conductor asignado, «es que tenemos mayor libertad de movimiento. El regreso será mucho más largo que si hubiéramos cogido el avión, pero es más fácil ahogarse entre la multitud que hay a lo largo de la costa. Apenas quedan más de cuatrocientos kilómetros antes de llegar a Menton y después, Mónaco está al lado.

«Y eso nos permite mantenernos juntos», añade Jimmy, sonriéndome.

«Cuatrocientos kilómetros, ¿en qué resulta eso? ¿Cuatro o cinco horas?», pregunta Ken.

Élodie y Ted se echan a reír como si acabara de decir algo escandaloso.

No soy muy bueno para el cálculo mental, pero me pareció que cuatrocientos kilómetros eran doscientas cincuenta millas, una distancia que razonablemente podría recorrerse en cinco horas, especialmente en la carretera.

«Olvidas que estamos en Italia», explica Ted sacudiendo la cabeza.

«Y desde la caída del puente Morandi, cruzar Génova es una pesadilla», añade Élodie.

«Por eso al principio había pensado en una ruta hacia el norte pasando por Bolonia y Parma antes de volver a bajar a la costa, pero luego me dije que me estaba volviendo paranoico. Puede que Gamboni tenga contactos bien situados, pero no veo que la policía italiana lance una operación a gran escala por sus bonitos ojos», nos dice Ted.

«Aunque Arkady no secuestró a Tiffany por su encanto irresistible sino para presionar a su padre, y que se trata de una operación relacionada con las drogas», añade Élodie, «organizar controles de carreteras no es algo que se pueda improvisar. Es necesario que haya una verdadera coordinación entre varios servicios...».

Mientras Élodie nos explica, en esencia, que Gamboni no pudo haber organizado una caza del hombre, o más bien de la mujer, Jimmy me susurra al oído, «Estoy aquí. Ya no puede llegar a ti».

«Lo sé, ya no tengo miedo», le dije, apretando su mano un poco más fuerte. «Sé que contigo estoy a salvo».

Lo demuestro medio dormido hasta que Ted decide que es hora de parar.

«Quien me prestó el coche no tuvo tiempo de llenarlo.

Haremos una escala técnica justo antes de Sarzana y después la siguiente parada será al otro lado de la frontera», declara en tono particularmente jovial.

Unos minutos más tarde, estamos en una gasolinera de la autopista y mientras Ted llena el depósito, Élodie y yo decidimos estirar las piernas e ir a comprar algo para picar a la tienda.

«Voy con ellas», anuncia Jimmy.

Ted y Ken intercambian una mirada divertida, pero no hacen comentarios.

Élodie y yo hacemos algunas compras y luego entregamos nuestras botellas de agua y paquetes de galletas a Jimmy.

«Aquí las espero», nos dice.

«¿Estás seguro? ¿Qué crees que nos pueda pasar en el baño de mujeres?», bromea Élodie. «Después de todo, no vas a hacer guardia en la puerta».

Jimmy se encoge de hombros, deja nuestras bolsas y se apoya contra la pared.

Sin embargo, cuando salimos unos minutos más tarde, las bolsas todavía estaban allí, pero él no. Dejó su puesto y no está en la tienda.

Es absurdo, pero todavía estoy un poco decepcionada.

«Debió haber ido al baño», me dice Élodie.

Tomando nuestras compras, volvemos sobre nuestros pasos a través de la tienda cuando Élodie, que camina un poco delante de mí, se detiene. Se da vuelta de repente y me jala del brazo detrás de un estante de libros.

La sigo sin protestar, temiendo lo peor.

Lentamente levanto la cabeza para ver qué provocó su reacción.

Me lleva unos segundos analizar la situación.

Afuera hay tres, no, cuatro coches estacionados para

bloquear la salida de la gasolinera. Las puertas están abiertas y hombres que parecen haber bajado de los coches examinan los alrededores. Uno de ellos se hace a un lado y examina una especie de tableta.

¿Los hombres de Gamboni?

¿Cómo lograron encontrarnos?

¿Cómo lograron alcanzarnos?

Nuestro coche todavía está cerca de la bomba de gasolina, pero a través de los cristales tintados no puedo ver si hay alguien dentro.

¿Dónde está Jimmy? ¿Dónde están Ted y Ken?

La persona que sostiene la pantalla en sus manos levanta la cabeza y señala hacia la estación de lavado detrás de la tienda. Los hombres se dirigen en esa dirección cuando, de repente, una motocicleta pasa a toda velocidad y se mete entre los dos primeros coches.

Al llegar al último de los vehículos que bloquean la salida, el pasajero de la moto, acompañado de alguien más, da una fuerte patada a una puerta, y entonces todo se acelera.

El hombre que sostiene la tableta parece estar gritando y ahora señala en dirección a la motocicleta que ingresa a la carretera.

En menos de un minuto todos están de nuevo en los coches que se ponen en marcha a toda velocidad en persecución de la moto.

Élodie y yo nos levantamos con cuidado e intercambiamos una mirada. Ella está tan sorprendida como yo por lo que acaba de suceder.

Las puertas delanteras de nuestro coche se abren. Ted y Ken salen.

¿Pero dónde está Jimmy?

¿Fue él quien se fue en la moto? Pero en ese caso ¿con quién iba?

Élodie agarra nuestra compra y salimos corriendo de la tienda. ¡Ella no se descontrola porque tuvo la presencia de ánimo para tomar nuestras provisiones!

Una vez en el coche, Élodie se arroja en brazos de Ken.

«¿Qué pasó?», pregunta.

«Creo que tengo una idea», dice Ted.

Nuestros tres pares de ojos se vuelven hacia él, devorados por la curiosidad.

«Bueno, acabo de recordar que Gamboni había logrado conseguir el número de Jimmy».

Asentimos como muñequitos sobre resortes y Élodie comprende primero.

«¡Mierda, nos rastrearon con su teléfono!», ella exclama.

«Pero..., pero...». Tartamudeo porque me vienen a la mente tantas preguntas que no sé por dónde empezar.

«Pero, ¿qué?», pregunta una voz detrás de mí.

«¡Jimmy!».

Me apresuro a llegar a él. Respiro de nuevo, pero el número de preguntas que me inquietan acaba de multiplicarse.

«Pegaste tu teléfono a la moto», dijo Ted, frunciendo el ceño.

«Sí, lo puse en una de las bolsas traseras de la moto», admite Jimmy.

«Eso está claro, pero lo que no puedo deducir es ¿qué hiciste para convencerlos de que huyeran de esa manera?».

«Un golpe de suerte, definitivo».

«Pero aún así», insisto.

«Bueno, cuando llegaron los payasos de Gamboni, supe enseguida que era culpa mía. Fui estúpido, debí quitar el chip de mi teléfono para no ser detectado. Entonces comprendí que tenía que distraerlos mientras ustedes desaparecían. Entonces salí corriendo por la puerta de emergencia y allí me encontré con dos motociclistas fumando hierba.

«¿Y luego?», pregunta Ken.

«Me detuve cerca de ellos el tiempo suficiente para meter mi teléfono en su bolso y seguí corriendo, gritando *narcóticos, narcóticos*. Salieron de donde se encontraban y se fueron como si el diablo los persiguiera».

Ted sacude la cabeza como lo hace uno cuando se enfrenta a un niño mal portado.

«Bien hecho, dijo, pero no debemos quedarnos por aquí. En algún momento alcanzarán a tus dos idiotas y sería estúpido si todavía seguimos aquí cuando se den cuenta de tu artimaña».

Regresamos al auto, y solo una vez que llegamos a la carretera, Ken se vuelve hacia nosotros y le pregunta a Jimmy, «Pero, ¿cómo supiste decir brigada antidrogas en italiano?».

«Un golpe de suerte, imagina que acabo de terminar de ver una serie de detectives italiana producida por la RAI llamada *La narcotici*».

«Es una locura cómo el destino hace bien las cosas», observa Élodie.

«Tienes toda la razón. El destino es un verdadero genio», responde Jimmy, «un genio y el mejor casamentero».

33

JIMMY

Cuantos más kilómetros avanzamos, mayor se vuelve esta sensación de dejar toda esta historia atrás. El ambiente en el coche se aligera. Ted y Ken bromean como si estuviéramos en un viaje por carretera para pasar unas vacaciones juntos.

Pero en el fondo, realmente todo el mundo está consciente de que el peligro no ha pasado. Gamboni todavía tiene los medios para encontrarnos y ¿quién sabe qué podría hacer?

Llegamos a Ventimiglia; la frontera francesa está a solo unos cientos de metros de distancia. Puede parecer una estupidez, pero esta línea invisible me tranquiliza. Es más, nada más ver el cartel con la bandera tricolor, Ted anuncia, «¡Bienvenidos a Francia!».

Tiffany me sonríe, le aprieto la mano.

«Pero no por mucho. En unos minutos estaremos en Mónaco», Ted añade.

«¿Es realmente otro país?», pregunta Tiffany.

«Sí», responde Élodie. «Es bastante extraño si lo piensas, porque solo es una ciudad de 2 km², pero incluso yo, que soy francesa, soy extranjera allí. Tienen sus propias leyes, su gobierno, es una monarquía. Además, la madre del actual príncipe era estadounidense».

«Sí, Grace Kelly», dice Tiffany. «Soy gran admiradora de las películas de Alfred Hitchcock».

La observo y, a pesar de sus mechones ahora rojos, puedo imaginarla claramente conduciendo un Sunbeam-Alpine por el saliente que domina el principado, como en la película "*Atrapa a un ladrón*". Tiene esa belleza clásica pero no menos hechizante, ese porte altivo de la cabeza y esa gracia que nos recuerda a las princesas.

Ted ahora se cuela entre las torres de la ciudad-estado. Ya cae la noche, pasamos por un hotel donde están estacionadas una impresionante colección de Ferrari y Porsche. Nos adentramos en un túnel y llegamos al puerto.

A lo lejos se ve el palacio principesco sobre su roca. Tiffany observa todo esto con interés. Admito que a mí mismo me sorprende el tamaño de los yates que hay en el muelle.

«Vamos a mi apartamento», anuncia Ted. «Creo que todos necesitamos dormir bien por la noche».

Ken mira a Élodie y dice, «Gracias por la invitación, Ted, pero los dos vamos a aprovechar la oportunidad para volver a Cannes».

«¿Estás seguro? Eso es otra hora de viaje. Y con toda esta historia, todavía no he tenido tiempo de asegurar el apartamento de Élodie», anuncia Ted.

«Ted, di mi consentimiento para trabajar contigo, pero no para que coloques cámaras en las cuatro esquinas de mi casa», se queja Élodie.

«Es un procedimiento estándar», dice nuestro conductor en un tono que no debería discutirse a menudo.

Pero no es conocer bien a la guapa francesa para creer que esto funcionará con ella.

«No me importa el procedimiento. No quiero que nadie en *"Riviera Security"* tenga la oportunidad de sorprenderme cuando estoy en casa. Soy yo quien decide qué tan seguro es o no mi departamento, no es negociable. Díselo, Ken», contesta Élodie.

Ken tiene una expresión que me recuerda a un ciervo frente a un automóvil con las luces encendidas. Siento que está dividido entre el cavernícola que hay en él, que ciertamente espera que su novia viva en un entorno ultraseguro, y el deseo de no molestarla.

«No necesitaremos cámaras esta noche, estaré con ella», dice él.

Respuesta incorrecta, amigo.

La morena le lanza una mirada incendiaria, y siento que podría haber una pequeña discusión tensa entre los dos, cuando estén solos.

El coche se precipita hacia un estacionamiento subterráneo. Una vez que se detiene el auto, Ken y Élodie nos dejan y cogemos el ascensor con Ted.

Abre la puerta de su casa. Es un apartamento moderno con una decoración elegante que grita: 'aquí vive un hombre soltero'. Sin embargo, la vista por sí sola es suficiente para compensar la falta de personalización de los lugares.

Mientras Tiffany tiene los ojos fijos en el Mediterráneo, cuyas olas se pueden ver gracias a las luces de la ciudad, nuestro anfitrión nos anuncia, «Si tienen hambre, hay pizzas en el congelador. Pueden usar la habitación en la que dormiste antes de irte a Italia, Jimmy».

«¿No te quedarás?», pregunté, notando que no parecía sentirse cómodo.

«No, voy a echar un vistazo a la oficina».

«De acuerdo».

Su negocio está ubicado en la misma torre, supongo que resulta tentador ir a comprobar que todo va bien. Al momento siguiente se ha marchado.

Me acerco a Tiffany, la abrazo por detrás y le doy un beso en el cuello.

«Deberías venir a ver la habitación, la vista allí también es una locura».

«¿Es esta una técnica para atraerme a su cama, señor Anderson?».

«Ahora estamos en Mónaco, creo que puedo volver a ser Jimmy Summers».

Se vuelve hacia mí y me rodea el cuello con los brazos.

«¿Antes siquiera de que tuviéramos la oportunidad de disfrutar de nuestra luna de miel? ¡Qué pena!», bromea ella.

«De verdad, eres tú quien está tratando de atraerme a tu cama», contesto a su broma.

«Tal vez», susurra contra mis labios.

No me costó mucho decidirme a abandonar cualquier intento de comportarme como un caballero. Aprieto su cintura y la levanto. Ella deja escapar un pequeño grito de sorpresa, pero sigue el juego enganchando sus piernas alrededor de mi cintura.

Corro hacia el dormitorio y empujo la puerta con el pie. Afortunadamente ya estuve aquí, porque está completamente oscuro y solo tengo mis recuerdos para ayudarme a encontrar mi camino. Coloco a Tiffany en la cama y casi me caigo de espaldas con ella.

Nos echamos a reír y me dejo caer sobre el colchón a su lado. Alargo la mano para encender la lámpara de la mesita de noche y Tiffany se levanta sobre un codo.

Tomo su cara. Unos cuantos mechones castaños rojizos

se escapan de su trenza, los aparto. Sus labios están ahí, a unos centímetros de distancia, deliciosos como siempre.

Nunca había deseado tanto sucumbir a la tentación.

La atraigo hacia mí y la beso. Saboreo este beso, nuestras respiraciones se mezclan y luego nuestras lenguas. Vuelvo a sentir esta fuerza, esta atracción que nunca había sido tan intensa, este sabor a paraíso que me vuelve loco.

Sus pequeñas manos ya se deslizan bajo el algodón de mi camiseta. Exploran mi abdomen, mi torso, haciéndome estremecer. Yo también quiero poder tocarla. Entonces, jalo el tirante que sujeta su vestido. Pero parece que el creador de esta cosa lo diseñó expresamente para torturarme. Además de mostrar su escote y sus piernas bien formadas que me hicieron babear toda la tarde, hacía imposible despegarme fácilmente.

«Déjame hacerlo», susurra entre dos besos.

Ella se levanta y estoy listo para gemir porque ella se aleja. Pero entiendo que es para ofrecerme un espectáculo delicioso, del que soy testigo único y privilegiado.

Desata el fino tirante de su espalda y los lados de su vestido se separan. Los retiene y los desliza suavemente sobre sus hombros, dejando poco a poco al descubierto la piel ligeramente bronceada. Se ve tan suave que me prometo explorar cada centímetro con mi lengua la próxima vez.

«Por la ropa interior sexy, ya volveremos», se disculpa, dejando al descubierto un conjunto de algodón blanco.

Me encantaría decirle que puede usar cualquier cosa, o incluso nada, no me importaría. Porque, en mi opinión, ahora ella es la mujer más bella y deseable que he tenido la oportunidad de conocer. Y cuando su mirada se encuentra con la mía, creo que lee exactamente la profundidad de mis pensamientos, porque sus ojos se iluminan.

«¿Y yo? Entonces ¿voy a tener que conformarme contigo todo vestido?», ella me pregunta.

En un santiamén desaparece mi camiseta, mis zapatos, mis calcetines y estoy listo para hacer lo mismo con mis jeans. Su risa cristalina resuena.

«El striptease será para la próxima vez, si lo entendí bien», ella se ríe.

Me doy cuenta de que mis prisas no tienen nada que ver con la forma delicada y sensual en que se quitó las bragas.

«Yo…», empiezo.

Ella me silencia con un beso.

«Tienes razón, tendremos muchas otras oportunidades para eso», susurra. «Ahora quiero sentirte dentro de mí».

Si intentara controlarme hasta ahora, estas palabras terminan volviéndome loco.

La llevo a la cama y, mientras me quito los pantalones y los bóxers, la beso apasionadamente.

Su ropa interior desaparece en cuestión de segundos. Por fin, ya no tenemos barreras entre nosotros. Nuestras pieles, una contra la otra, están ardientes. Estamos listos para entrar en combustión.

Me separo de sus brazos por unos momentos para sacar un condón de mi billetera. Lo toma de mis manos y lo desenrolla lentamente sobre mi polla sin quitarme los ojos de encima.

Me acuesto boca arriba y la pongo encima de mí. Por norma general no me gusta entregar las riendas, pero con Tiffany todo es diferente. Coloca sus palmas sobre mi pecho, su sexo se encuentra con el mío. Apenas nos tocamos y ya siento que estoy en el nirvana. Lentamente, ella se empala en mí, mi respiración se detiene, no me queda nada más que sensaciones. Y los minutos que siguen se vuelven aún más deliciosos de lo que podría haber imaginado.

34

TIFFANY

Es la voz de una mujer la que me despierta.

Una voz femenina exasperada acercándose.

«¡Ted! Ted, ¿dónde estás? Francamente, ¡no es gracioso! ¡Me prometiste que desayunarías conmigo!».

Sonrío y me digo que, de hecho, si Ted nos dejó tan rápido ayer, no fue para hacer un recorrido por sus oficinas, sino para hacer una visita galante. Una visita valiente que tal vez interrumpió para ponerse al día, ya que el curso normal de sus negocios se vio interrumpido por la persecución que acabamos de vivir en Italia.

Jimmy tiene un brazo alrededor de mi cintura, yo soy la cuchara pequeña encajada en la grande. Siento su aliento en mi cuello. Es delicioso. También es curioso, porque suelo dormir boca abajo y, sobre todo, mantengo la distancia. Cambio mi posición, y tan pronto como termino de girarme para mirarlo, su agarre se vuelve más fuerte. En la oscuridad de la habitación distingo su hermoso perfil y me pregunto por el juego del destino.

Sin Arkady, ¿habría tenido la oportunidad de conocer a Jimmy?

Mi línea de pensamientos se descarrila cuando se abre la puerta.

Surge una pregunta cuando se enciende la luz del techo, «¿Ted?».

En cuestión de segundos, Jimmy está sentado en la cama, apuntando con su arma a la puerta. Estoy atónita. ¿Dónde la había escondido? Pero, estoy segura de que anoche, cuando nos quedamos dormidos, ¡ya no llevaba su funda! Probablemente debajo de la almohada. A menos que estuviera en la mesa de noche.

Jalo la sábana para cubrirme y me levanto también.

«¡Madison!», dice Jimmy, bajando su arma.

«¡Jimmy!», exclama la intrusa.

Ella me mira entrecerrando los ojos. Obviamente ella me reconoce, pero no puede identificarme. Casi puedo escuchar los engranajes de su cerebro girando a toda velocidad, un poco como un software de reconocimiento facial... excepto que su software tiene un error. Normal, el color de mi cabello ha cambiado radicalmente. La rubia de sus recuerdos se ha convertido en pelirroja.

«Hola Madison», dije, sonriendo. «Encantada de volver a verte».

Mi voz y mi acento la ubican y corre a la habitación para abrazarme.

«¡Tiffany! Esto es una locura. ¡Entonces es cierto! ¡Te encontraron!».

Ella me suelta y señala con el dedo vengativo a Jimmy antes de sermonearlo, «¿Y a ti o a Ken no se les pudo haber ocurrido llamarme en los últimos dos días? Estaba muerta de miedo. El gorila que me estaba vigilando solo me dijo, "No te preocupes, todo está bien, ¡las malas noticias siempre nos llegan bastante rápido!"».

Por la forma en que pone acento francés, entiendo que debe estar imitando a uno de los hombres de Ted que estuvo a cargo de vigilarla. Los chicos hablaron de alguien llamado Andrea en el auto. Lo compadezco con todo mi corazón. La bella Madison no tiene la lengua en el bolsillo, pude percatarme cuando ambas éramos prisioneras de Arkady. Estaba absolutamente aterrorizada y aún así encontró el coraje para amenazarlo. La última noche incluso lo insultó profusamente. Así que apenas puedo imaginar lo que le debió haber hecho al que tenía de guardián, ¡aunque bien sabía que estaba a salvo!

Jimmy coloca su arma en la mesa de noche y suspira.

«Es inapropiado que nos sermonees cuando todo esto no habría sucedido si no hubieras comenzado con…».

«Está bien, está bien», admite Madison, que parece haber comprendido que cuando se trata de desaparecer sin previo aviso, no está en condiciones de sermonear a nadie. «Pero todo esto no me dice adónde han ido Ted y Ken».

«Tu hermano está con Élodie en Cannes», le digo. «Creo que tienen previsto regresar aquí a última hora de la mañana».

«¿Y Ted?», ella insiste.

«Anoche, tan pronto como llegó a casa, dijo que tenía que ir a echar un vistazo a la oficina», responde Jimmy.

La sonrisa que aparece en los labios de Madison mientras lo escucha me confirma que probablemente la oficina no era la prioridad de Ted.

«Sí, lo sé», dice Madison. «Ahí es donde planeaba ir después de pasar a verificar que habían vuelto a salvo. Pero también prometió reunirse conmigo para desayunar esta mañana a las 9 a. m., y ya llevo una hora esperándolo».

Jimmy frunce el ceño.

«¿Estás segura de que te dijo las 9?», pregunta Jimmy.

Ella asiente vigorosamente con la cabeza.

«Incluso dijo las 9 en punto. Así que hasta puse una alarma. Ya sabes cómo es él con respecto a la puntualidad».

«Efectivamente», admite Jimmy.

«¿No podrías llamarlo, por favor?», estoy preocupada.

«Me gustaría, pero no va a ser posible».

«¿Cómo?», pregunta Madison, buscando un teléfono.

Ni Jimmy ni yo tenemos uno.

«Te lo explicaré más tarde», le dice Jimmy. «Pero ahora me gustaría que nos dieras diez minutos para prepararnos y encontraremos una manera de contactarlo».

Madison apenas le había dado la espalda cuando Jimmy salta de la cama.

«No era en absoluto el plan que había imaginado para cuando despertáramos», me comenta antes de entrar al baño contiguo a nuestro dormitorio.

«Yo tampoco. Pero es solo un aplazamiento, ¿no?».

Mi pregunta sigue sin respuesta.

Mi corazón se hunde un poco y luego razono conmigo misma.

Mis palabras debieron haber sido ahogadas por el sonido de la ducha.

Y entonces, de repente, el significado de su silencio pasa a un segundo plano.

La puerta del dormitorio se abre de repente y aparece un hombre que no conozco.

Subo la sábana hasta debajo de mi barbilla.

«¿Dónde está Jimmy?», me pregunta.

Realmente quiero preguntarle si ha oído hablar de una costumbre común en mi país, la de tocar una puerta antes de abrirla. Pero dada su mirada de pánico, me abstengo.

«En la ducha. ¿Qué está pasando? ¿Quién es usted?», le pregunto.

Mira hacia atrás como para comprobar que no hay nadie en el pasillo y luego entra en la habitación, cerrando la puerta detrás de él.

«Soy Andrea, trabajo con Ted. Creo que alguien ha secuestrado a mi jefe», me dice en voz baja.

35

JIMMY

Ken y Élodie entran corriendo a la sala de conferencias de las oficinas de Ted. Comparten un abrazo con Madison que está sentada en un rincón mordiéndose las uñas. Nunca pensé que la desaparición de uno de nosotros pudiera afectarle tanto. Para mí siempre ha sido una niña irresponsable, pero hay que creer que sus recientes aventuras con Arkady deben haberle metido plomo en el cerebro.

Élodie viene hacia mí y no pierde un segundo para interrogarme.

«¿Jimmy? ¿Qué pasa? Ken no me explicó mucho, tomamos el auto y vinimos directamente hasta aquí. ¿Ted realmente desapareció?».

Su compañero se acerca y le pone una mano en el hombro. Él también me mira interrogativamente.

«No sé mucho más que ustedes. Ted nos dejó en su casa anoche. Me dijo que tenía algunas cosas que revisar en la oficina. De hecho, aparentemente aprovechó la oportunidad para hacer una pequeña visita a Madison…».

«¿A Madison? ¿Qué querría con Madison?», pregunta Ken, volviéndose hacia su hermana.

Ella lo desafía con su mirada.

«Bueno, imagina que tu amigo, *al menos él*, quiso saber cómo me había ido en los últimos días. Quizá no lo recuerdes, pero me abandonaste con el otro cancerbero», dice señalando a Andrea que está hablando por teléfono, «mientras paseabas por Italia».

«No fue un paseo por el parque, y Andrea...», comienza Ken.

«Ya discutirán más tarde. Entonces, ¿visitó a Madison y....?», Élodie los interrumpe.

«Según las cámaras del edificio, pasó por la oficina. Se quedó allí durante una hora y luego...».

«Luego...», continúa Élodie.

«Y después, nada».

«Andrea supone que Ted estaba de camino a su apartamento, excepto que nunca puso un pie allí. Su cama sigue intacta y no le oímos entrar», es Tiffany quien completa la idea.

«¿No tiene cámaras en casa? Él que tenía tanta prisa por instalar una en mi casa...», pregunta Élodie.

«Solo frente a la puerta principal. Pero en ningún momento vemos a Ted allí».

«¿Entonces desapareció entre la oficina y el apartamento? ¿Hay qué, 5 pisos?», pregunta Ken.

«Así es», confirmo.

«¿Pudo salir a caminar? A ir a ver, no sé, a *una amiga*...» sugiero.

«Se suponía que iba a desayunar conmigo», argumenta Madison. «Me prometió que estaría allí a las nueve».

Ken observa a su hermana con el ceño fruncido. Y ella, por su parte, no tiene mucha más simpatía en su mirada. Si la situación no fuera tan tensa, podría encontrarla interesante. ¿Por qué la hermana pequeña de Ken parece tan molesta porque Ted pudo haber pasado la noche con una mujer? Y entiendo claramente lo que pasa por la cabeza de Ken. Y, antes de que los dos vuelvan a chocar, pongo mi brazo sobre el hombro de mi amigo y lo aparto un poco.

«No lo tomes así», le susurro. «Ted se preocupa por Mad. Todos vimos crecer a esta niña. Me culpo un poco por no haber pensado en ir a ver cómo estaba cuando regresamos. Después de lo que acaba de pasar, necesita que le pongamos un poco de atención».

Ken se pasa una mano por la cara.

«Tienes razón. Incluso era mi trabajo hacerlo. No me extraña que ella me dijera que yo soy un pésimo hermano. Le prometí que cambiaría y a la primera oportunidad la vuelvo a dejar de lado».

«Todos estamos cansados. Te pondrás al corriente en los próximos días».

Él asiente y pregunta, «Entonces, ¿alguna idea de dónde podría estar Ted? ¿Cómo puedes estar seguro de que fue secuestrado?».

«No tenemos ninguna certeza. Pero, antes que nada, no es propio de él dejar a Madison plantada cuando prometió estar allí. En segundo lugar, más tarde también tenía una reunión con Andrea. Y también sabemos que no es el estilo de Ted dejar colgado a nadie sin previo aviso».

«Está bien, entonces ¿cuál es el plan?».

«Andrea está hablando por teléfono con *Sûreté Publique* de Mónaco [1]. Está tratando de ver si podría tener acceso a las cintas de vigilancia remota. Las calles del principado están surcadas de cámaras».

Justo cuando oigo esto, Andrea termina su llamada. Dada su sonrisa, supongo que ganó el caso.

«¡Es algo bueno! Mi amigo me enviará acceso en dos minutos», nos dice.

Ken responde asintiendo. Creo que solo le agrada moderadamente el empleado de Ted. ¿Todavía le guarda rencor por su error que llevó a que le dispararan a Élodie? Es posible. Pero supongo que no lo odia del todo, de lo contrario no habría aceptado que cuidara a Madison.

Andrea se sienta detrás de su pantalla y la toca durante unos momentos. Luego exclama, «¡Ya está!».

Señala otra computadora y le pregunta a Élodie, «¿Quieres revisarla tú también? Tenemos vistas de varias cámaras. Cuantos más seamos, más rápido lo haremos».

La expolicía se pone inmediatamente a trabajar. El resto esperamos muchos minutos.

«¡Ahí!», exclama finalmente Élodie. «Lo tengo en la cámara del banco frente al edificio».

Todos nos levantamos para pararnos detrás de su pantalla. Y somos testigos de una escena bastante sorprendente. Vemos a Ted saliendo tranquilamente del edificio. Saca su teléfono del bolsillo, hace una llamada rápida y unos segundos después, un sedán se acerca y se detiene justo frente a él.

«Intenta acercarte al conductor», dice Ken.

Élodie obedece, pero la definición es mala.

Ted sube al coche y arranca de nuevo.

«¡Demonios! ¡Tenemos que intentar descubrir dónde se fue el coche!», exclama Andrea, ya listo para llamar a su amigo para tener acceso a más cámaras, supongo.

«Creo que tengo una pequeña idea», dice Élodie.

Todos la miramos fijamente, con la pregunta en los ojos.

«El tipo de auto me dio una pista, pero he mirado la matrícula».

«¿Y?», pregunto.

«Es un coche de policía francés sin distintivos, estoy casi segura».

«¿La policía francesa? Pero estamos en Mónaco», se sorprende Andrea.

«¿Por qué vendría la policía francesa a Mónaco y por qué Ted aceptaría viajar en coche con ellos? De eso, no tengo ni idea. Pero yo diría que si queremos respuestas tendremos que ir a la comisaría de Niza.

---

1 Sûreté Publique: la policía de Mónaco

TIFFANY

«Existe una posibilidad», dice Élodie, pensando en voz alta. «Podríamos estar tratando con policías corruptos. Hombres a sueldo de Arkady o de la red de Gamboni, que supuestamente intentaron secuestrarlo. Pero parece subir al coche voluntariamente. Entonces, a menos que tuvieran una manera de presionarlo para que cooperara...»

«Ted no es corrupto, no», dice Andrea.

Élodie frunce el ceño como para probarlo y funciona. Andrea se recompone.

«No, no, se los aseguro. En su mayor parte, el negocio que realizamos en Francia es legítimo. El hecho es que, como saben, para trabajar correctamente no podemos enemistarnos con la policía. Es un toma y daca».

«¿Qué significa eso?», Ken le pregunta.

«En términos prácticos, significa que ciertos comisarios saben que siempre pueden contar con nosotros para hacer cosas que no pueden pedir a sus hombres y, a cambio, sus departamentos hacen la vista gorda cuando una de nuestras actividades está... limitada».

«Sí, es verdad», admite Élodie. «Cuando hay confianza, siempre hay una manera de solucionar las cosas. Pero volvamos a Ted. La otra posibilidad es que fue él quien los llamó».

«¿Y habrían venido a recogerlo aquí a estas horas de la noche?», se pregunta Jimmy.

«Sé que me estoy repitiendo, pero creo que solo hay una forma de saberlo, y es...».

Andrea la interrumpe con un gesto de la mano y se acerca el móvil a la oreja. «Ted, ¿dónde diablos estás? ¡Llevamos horas preocupados por ti!».

Andrea permanece en silencio y levanta la mano para pedirnos que esperemos. Todos estamos pendientes de sus labios, pero por la mirada que pone ya estamos tranquilos.

«Entendido», dice Andrea antes de colgar.

«¿Y?», pregunta Jimmy.

«Viene en camino y nos dará los detalles cuando llegue. Lo único que me dijo fue que en realidad pasó la noche en la estación. Voluntariamente», aclara Andrea. «Parece que lo que hay en la memoria USB que le confiscaste a Gamboni es bastante comprometedor para mucha gente. El expediente ha llegado muy alto».

«¿Al Ministerio del Interior?», pregunta Élodie.

«No solo ahí», responde Andrea con una sonrisa teñida de orgullo. «Al Muelle d'Orsay», termina diciendo.

«¿El muelle d'Orsay? ¿Qué es eso?» pregunta Madison.

«Ahí tiene su sede el Ministerio de Asuntos Exteriores francés», responde Jimmy, lo que me impresiona mucho.

«Y después de eso, el archivo subió unos niveles más. Por eso no nos avisó», termina su explicación Andrea.

«Ah, sí, supongo que cuando estás en comunicación con los servicios de la Presidencia de la República, no es posible acortar las cosas...», comenta Ken.

«No estoy de acuerdo», dice Madison con petulancia. «Un mensaje de texto dura treinta segundos, ¡no es mucho tiempo!».

Jimmy y Ken ponen los ojos en blanco en un conjunto tan perfecto que Élodie, Andrea y yo nos echamos a reír espontáneamente.

«Madison todavía no ha entendido que el mundo no gira en torno a ella», dice su hermano en tono desanimado.

«Pero no», protesta la interesada. «¡No solo estoy preocupada por este asunto! Si estoy molesta no es porque tuve que desayunar sola».

Madison mira a su hermano y a Jimmy.

«Porque eso es algo a lo que me he acostumbrado en los últimos días, en verdad. No, si estaba preocupada fue porque Ted había prometido que estaría allí a las 9 en punto y parece como un reloj suizo, ¡y de hecho hasta tú y Jimmy estaban preocupados!».

Ken se acerca a su hermana, la toma en sus brazos y le da un beso en la sien.

«Tienes razón», le dice. «Te pido disculpas, no debería haberme burlado de ti. Es cierto que todos estábamos preocupados y que un mensaje de texto nos habría ahorrado muchas preocupaciones».

Madison me mira y me guiña un ojo con complicidad. Debajo de su apariencia inocente, tiene más de un truco bajo la manga y parece haberse convertido en una maestra en el arte de manipular a su hermano mayor. Y Jimmy también, por cierto; parece tener una benevolencia muy fraternal hacia él.

Sin duda, Ken imaginaba que lo mismo ocurriría con todos sus demás compañeros de armas. Probablemente este era el caso cuando era más joven. Hoy, ya no.

¿Cuánto tiempo había pasado desde que Ted había

vuelto a ver a Madison antes de que este excelente equipo la arrebatara de las manos de Arkady? No lo sé, pero algo me dice que debe haberse sorprendido mucho al encontrar no a una adolescente, sino a una joven llena de vida.

¡Una mujer atractiva, además!

Pero parece que Ken llega retrasado.

Sin embargo, tendrá que acostumbrarse a la idea...

Y como si leyera mis pensamientos, Ken, que todavía sostiene a su hermana en brazos, le susurra al oído, pero no lo suficientemente bajo como para que me lo pierda, «Tú y yo vamos a tener que tener una pequeña charla sobre...».

«¡Ni en sueños!», lo interrumpe Madison. «¿Acaso yo te pido que me rindas cuentas de tu relación con Élodie? No, entonces yo...».

«Pero eso no tiene nada que ver con esto», dice Ken.

«¿Qué sabes tú sobre esto?», replica Madison, que parece haber decidido no dejarle tener la última palabra.

Ken abre y cierra la boca como un pez en la arena. Se ha puesto de color rojo escarlata. Es el sonido del teléfono lo que le permite escapar de la apoplejía. Andrea levanta el teléfono fijo de la sala de conferencias.

«Sí, pásamelo», le dice a su interlocutor.

Dos segundos de silencio durante los cuales Andrea realiza una manipulación que hace pasar la llamada por el sistema de altavoces de la sala. Un clic después, Andrea reanuda la comunicación.

«*Riviera Security*», ¿en qué puedo ayudarlo?», contesta.

«Buenos días. Como acabo de explicarle a su operador, muy amable, pero claramente incompetente dada su pregunta, me gustaría hablar con el Sr. Ted Carter».

La voz de Gamboni, que ahora reconocería entre mil, llena la habitación y me pone la piel de gallina. Me cruzo de brazos en un gesto defensivo e inmediatamente Jimmy se para a mi lado. Su sola presencia es suficiente para tranquilizarme, pero no quita la inquietud que me provoca el particular discurso del monstruo que me persigue.

«El señor Carter está ausente», responde Andrea sin responder a la provocación. «Pero, si lo desea, puedo enviarle un mensaje».

«Oh, pero sé que está fuera, sé que actualmente está en un coche de la policía francesa que se supone que lo llevará de regreso a Mónaco después de una noche particularmente agitada. Sin embargo, había imaginado que con los medios modernos de que disponemos hoy en día, de todos modos, habría podido comunicármelo».

«No, ya ve que no, lo siento. El señor Carter dejó órdenes de no ser molestado hasta su regreso».

«¿En serio?».

El tono de Gamboni es burlón.

Una vez más Andrea no responde a la provocación. En lugar de asegurarle que no está improvisando, sino que en realidad está respondiendo a las órdenes de su jefe, vuelve a preguntarle, «¿Gusta dejar un mensaje?».

«Sí, dígale que él y sus pequeños colegas se lo piensen mejor... la vida, ya ve, es como esas fichas de dominó. Cuando deja caer la primera, ¡nunca sabe realmente qué es lo que ha provocado!».

37

JIMMY

La llamada de Gamboni provocó un escalofrío. Todos nos miramos sin saber muy bien qué pensar. ¿Será este el último intento desesperado de un hombre con la espalda contra la pared por asustarnos? ¿O una amenaza real?

Paso un brazo protector alrededor de los hombros de Tiffany. Sé que escuchar la voz de Gamboni la estremeció. No puedo imaginar los malos recuerdos que deben llegar a su cabeza. También estoy consciente de que ella se toma muy en serio estas amenazas. Está preocupada por sus padres. Mientras esta escoria no esté tras las rejas, que, si fuera mi elección, incluso estaría bajo tierra, no dormirá tranquila.

«¿Qué más podría hacernos?», dice con un suspiro.

«Él no te hará nada, no mientras esté a tu lado». Le doy un beso en la sien y trato de tranquilizarla.

Ella levanta sus grandes ojos claros hacia mí.

«¿Cómo puedes estar tan seguro?»,

«Prometí protegerte, me tomo muy en serio mis promesas», le contesto.

«Lo sé, no dudo de ti ni un momento. Pero es él quien me asusta, y no quisiera que te pasara nada por mi culpa, porque intentes protegerme», me dice preocupada.

Tomo su rostro entre mis manos, fijo mi mirada en la de ella, quiero que entienda que soy sincero cuando le digo esto. «Ni siquiera intentes alejarme de ti. Tú y yo estamos unidos y nada ni nadie podrá interponerse entre nosotros. Supe desde el momento en que te vi que quería protegerte, cuidar de ti. Y haré todo lo que esté en mi poder para garantizar que Gamboni ya no sea una amenaza para ti».

«Sabes que ahí estaré, a tu lado. Puede que no tenga tu fuerza ni tus recursos, pero haré todo lo posible por apoyarte. Estaré ahí para ti, te lo prometo», la emoción en su voz es palpable cuando me responde.

No necesito preguntarle nada, ni siquiera dudar si son solo palabras al aire, porque la sinceridad en sus ojos me da todas las respuestas que necesito. Toda mi infancia estuve desilusionado por una madre que me prometió que cambiaría, que dejaría de beber, que sería una mejor persona para mí, pero fue en vano. He perdido todas mis ilusiones, toda confianza en estas promesas que la gente hace como si no valieran nada. Aprendí a no creerlas más. Me juré a mí mismo no ser como ellos. Pero ahora quiero volver a confiar totalmente en alguien. No es que crea que no hay nadie con quien pueda contar. Sé, por ejemplo, que Ken, Ted, Mouss y tal vez incluso Élodie son amigos que estarán ahí para ayudarme en caso de que pase un momento difícil. Pero ofrecerme enteramente a alguien… en alma, en cuerpo y sobre todo de corazón, es algo que nunca pensé que haría algún día. Pero Tiffany ya cuenta con todo eso.

Entonces, me inclino hacia ella y le doy un beso en los labios.

Desearía tener tiempo para disfrutarlo, pero se abre la

puerta de la sala de conferencias y aparece Ted. Las reacciones son diversas: desde el alivio en el rostro de Andrea hasta la mirada asesina en la de Madison.

«Tienes mala cara», comenta Ken.

«Eso pasa cuando no pegas ojo en toda la noche y tienes varios días de déficit de sueño», se queja el hombre, frotándose la cara.

«Sobre eso, una nota en el refrigerador diciéndonos que no ibas a volver a casa hubiera sido reconfortante», digo en un tono ligero, pero lleno de insinuaciones.

«Sí, lo siento, pero no tuve tiempo de avisarles. Las cosas se agilizaron un poco. Y tuve que actuar».

Su explicación no parece convencer a Madison quien, tras una última mirada fulminante, abandona la habitación. Ted ni siquiera pestañea.

«Pero entonces, ¿le diste la información de la memoria USB a la policía?», pregunta Élodie.

«Sí, se mostraron muy interesados. Gamboni y toda su organización están en la mira desde hace un tiempo».

«Pero ¿cómo puedes estar seguro de que utilizarán inteligentemente esa información? Ya sabemos que hay filtraciones, Gamboni nos llamó hace unos minutos para amenazarnos».

Ted sonríe.

«Fantástico, no pensé que funcionaría tan rápido».

Todos intercambiamos una mirada perpleja. ¿Es la falta de sueño lo que lo hace reaccionar así?

«Jefe, ¿podría explicarnos su plan? Porque aquí, lo siento, pero para nosotros no está nada claro». Finalmente es Andrea quien hace la pregunta que todos tenemos.

Ted parece pensar por un segundo, probablemente preguntándose cómo nos va a explicar su estrategia. Luego comienza.

«Todo esto de contactar a la policía francesa es nada más que un señuelo».

Estoy esperando con impaciencia lo que sigue porque, sinceramente, estoy perdido.

«No digo que no sean eficaces, tal vez incluso hagan algo, pero todos estamos de acuerdo en que mientras *Il Santo* no esté fuera de combate, tendremos que cuidarnos nuestras espaldas. Se abrió una investigación en Francia y me aseguré de que Gamboni fuera uno de los primeros en enterarse. La idea es hacerle creer que contamos con ellos para deshacernos de él. Pero es solo cuestión de ahorrarnos tiempo y desorganizarlo. Es hora de que se nos ocurra otro plan».

«Entonces, si entendí bien...», dice Tiffany, «¿quieres que centre su atención en el procedimiento actual, mientras que vamos a atacarlo por sorpresa en otro lugar?».

«Eso es todo», dice mi amigo, sonriendo. «Como en el ajedrez, debes anticipar el próximo movimiento de tu oponente».

«¿Y qué hacemos con sus amenazas? Tal vez ya haya colocado a un asesino en la parte inferior del edificio para dispararnos en cuanto pongamos un pie afuera», dice Ken.

«A Gamboni no le interesa matarnos, sino ya lo habría hecho. Lo que quiere es hacernos sufrir. Este chico está enfermo, le gusta jugar con la gente como si fueran marionetas», dice Ted.

«Así que, ¿cuál es el plan?», me impaciento.

«¿Recuerdan a su prometida?», nos pregunta.

«¿La que murió en un accidente aéreo?», le pregunto.

Los ojos de Ted brillan.

«¿Y si les dijera que tengo pruebas de que ella está viva?».

38

TIFFANY

«¡Si está viva es porque no estaba en el avión!», exclama Élodie. «Recuerdo el expediente. El accidente ocurrió poco después del despegue, en momentos en que los tanques de combustible estaban casi llenos. Los testigos dijeron que el avión se incendió como una cerilla. Nadie podría haber sobrevivido a semejante infierno. Esta es sin duda la razón por la que no se organizó ninguna inmersión para encontrar los cuerpos».

«Hacer explotar un avión en el aire, ¿no es un poco extremo para fingir tu propia muerte?», pregunta Ken. Hay formas menos costosas.

«Sí, pero bueno, cuando quieres salvar tu pellejo no piensas en esas cosas», destaca Élodie. «Además, era el avión de Gamboni».

«¿Quieres decir que fingió su muerte para escapar de su prometido?», pregunté para asegurarme de haber entendido correctamente.

«Esa es la idea», responde Ted.

«Sin duda descubrió con qué clase de monstruo estaba comprometida y solo encontró esta solución para salvar su pellejo», agregué, sintiendo una inmensa compasión por esta joven que se había dejado seducir por la apariencia pulida de Gamboni.

«Sin embargo, la propia Gabriella Mancini proviene de una familia *"muy influyente"* en Italia», añade Ted, entrecomillando con los dedos el adjetivo. «Si otra familia igualmente poderosa llegó a tales medidas es porque entendió que había un problema con Gamboni».

«Pero si son tan poderosos, ¿por qué obligaron a uno de los suyos a ocultarse en lugar de resolver el problema de raíz?».

Tan pronto como mi pregunta sale de mis labios, me horrorizan mis propias palabras. Básicamente, solo pregunté por qué Mancini no liquidó a Gamboni. Solo fueron necesarios unos días de contacto con esta basura para contaminarme. Antes de cruzarme con Arkady y Gamboni, ¡nunca hubiera imaginado ni por un segundo que el asesinato podría ser la solución a un problema!

«Esa es la pregunta que yo también me hice», responde Ted. «Debo explicarles que cuando salimos en busca de Gamboni, me puse en contacto con uno de mis colegas italianos que me debía un favor. Me llamó ayer, justo después de que fui a darle las buenas noches a Madison».

Por el rabillo del ojo veo a Ken hacer una mueca. Sin duda, Ted también lo notó, pero finge no haber visto nada. Estos dos tendrán que tener una charla, pero Ted debe considerar, con razón, que no es el lugar ni el momento. Ken también ya que deja que Ted continúe sin interrumpirlo.

«La versión corta de la historia es que las familias Gamboni y Mancini están enfrentadas desde hace varias generaciones y que Vincenzo Gamboni había propuesto unir los dos clanes casándose con una de las nietas del entonces patriarca Mancini. Parece que, al principio, Gabriella se había ofrecido voluntariamente».

«Eso se puede entender», observa Élodie. «Si Gabriella sabía que estaba condenada a casarse con alguien elegido por su familia. Y sobre el papel, Gamboni no era una mala elección. Es poderoso, rico, bastante guapo...».

«Pero unos meses después del compromiso, ella empezó a desilusionarse», continúa Ted. «El patriarca no quiso escuchar nada, había dado su palabra y un Mancini nunca incumple su palabra».

Jimmy asiente. El respeto a este principio es sin duda lo único que tiene en común con este viejo mafioso.

«Sobre todo porque le permitió hacerse un hueco en un mercado muy lucrativo al que antes no había tenido acceso».

«¿Este tipo sabía que vendía su nieta a un monstruo, pero no quiso hacer nada?»,

estoy horrorizada. «Junto al patriarca Mancini, mi padre, con todas sus debilidades, puede participar en el concurso de padre del año».

«Pero no en el caso de Gabriella. Fue Giovanni Mancini, su padre, quien organizó el falso accidente y escondió a su hija para ocultarle al abuelo que había desobedecido sus órdenes».

«Bueno, suena fascinante», interrumpe Jimmy. «Pero, ¿qué tiene que ver todo esto con nuestro asunto?».

«Hacia allá voy», responde Ted, sonriendo. «Resulta que desde hace unas semanas la familia Mancini tiene un nuevo patriarca».

«¿El padre de Gabriella?», pregunta Élodie.

«¡Arruinas mi elemento sorpresa!», Ted finge estar molesto y luego asiente.

«Y el valiente Giovanni guarda un obstinado rencor.

Desde que se hizo cargo de la organización familiar, su esposa y su hija han hecho de su vida un infierno».

«Es comprensible, ¡cinco años escondidos! Aunque la jaula sea bonita, debe ser difícil aguantar durante tanto tiempo», dice Élodie.

«¡Ni siquiera puedo imaginar una vida en la que ya no me permitan hablar con mis amigos, ni siquiera con miembros de mi familia!», añado.

«Así que ayer, al mismo tiempo que me ponía en contacto con la policía francesa, envié al nuevo patriarca un video y fotografías encontradas en la memoria USB robada por nuestra incipiente Mata Hari», dice Ted, inclinando la cabeza hacia mí. «Creo que esto le dará a Giovanni Mancini suficientes municiones para justificar la ruptura de la alianza».

«¿En serio?», Andrea se sorprende. «¿Desde cuándo los jefes del crimen se convirtieron en modelos de virtud?».

Ted se rió antes de responderle.

«No sucederá pronto», supongo. «Lo cierto es que este nuevo jefe ha decidido formalizar parte del negocio familiar, y le resultará fácil explicar que volver al buen camino sería complicado si la familia se viera salpicada por un escándalo de tal magnitud».

«Todavía no lo entiendo», le confieso a Ted. «Para nosotros, ¿qué cambia eso?».

«Pero eso lo cambia todo», me explica Jimmy. «Básicamente, lo que hizo Ted fue invitar a Giovanni Mancini a resolver el problema por su cuenta. Con la evidencia en la memoria USB, puede convencer a su clan, e incluso a otros clanes aliados, de que Gamboni es un monstruo que debe ser eliminado».

«Eso es, o sufrir la tormenta mediática que puedo desencadenar al distribuir el archivo a la prensa». Y Ted finaliza,

«Y como además lleva a su espalda a su mujer y a su hija, no tengo dudas de hacia qué lado se inclinará la balanza».

Como si leyera mis pensamientos, Ted se vuelve hacia mí con una expresión muy seria.

«Me imagino que estás horrorizada por mis métodos, pero créeme cuando te digo que no me tomo ninguna vida a la ligera. No intento tranquilizar mi conciencia; sé perfectamente qué tipo de solución rápida va a adoptar Giovanni, pero eso no me impedirá dormir por las noches, porque no he encontrado otra forma que garantice nuestra seguridad».

«Y la de Amhale y Malaika también», agregué pensativamente.

Nunca pensé que llegaría a esto, pero tengo que afrontar los hechos. Sin Vincenzo Gamboni, el mundo será un poco menos peligroso.

39

JIMMY

Después de informar a nuestro pequeño grupo sobre las actividades de la noche, Ted se reunió con Tiffany y conmigo para decirnos qué íbamos a hacer durante el día. Afortunadamente hoy no teníamos previsto hacer turismo porque la única visita prevista era a la comisaría de policía de Niza.

De hecho, un funcionario nos esperaba para tomar la declaración a Tiffany.

Inmediatamente comprendí que a ella no le gustaba esta idea. Tenía que asegurarle que todo iba a estar bien y que en ningún momento la dejaría sola.

Y aunque vi en sus ojos que estaba tratando de hacer todo lo posible para creer en mis palabras, sabía que estaba teniendo problemas. Me preguntaba cuántas veces la gente también la había decepcionado.

Media hora más tarde nos subimos a un todoterreno conducido por Andrea. Solo se necesitan unos minutos para cruzar la frontera de Mónaco en la otra dirección. Dejamos este capullo protector que parecía ser el principado. Sin embargo, tenía la sensación de que, sin importar dónde nos encontráramos, mientras Gamboni siguiera en este mundo, nunca estaríamos a salvo.

El vehículo subió por la cresta. A nuestra derecha, el Mediterráneo brilla bajo el sol con el acantilado que parece hundirse y algunas villas aferrándose a sus paredes. Desde donde estamos, el mar parece inmenso, imponente.

«Qué hermoso», murmura Tiffany, con la nariz presionada contra la ventana.

Con mi pulgar acaricio su mano. Y aunque el impresionante paisaje no me deja indiferente, es otra belleza la que llama mi atención.

Me acostumbré a su cabello rojo, incluso creo que resalta sus ojos. Me pregunto cuánto tiempo más tendremos que vivir así, escondidos. No veo la hora de poder caminar con ella, de la mano, sin tener que mirar siempre por encima del hombro.

Hasta ahora tenía dificultades para planificar, tenía que concentrarme en el objetivo de la misión. Encontrarla y recuperarla sana y salva. Pero ahora, otras ideas florecían en mi cabeza. Para más adelante, estoy considerando algo más. Un futuro del que Tiffany forme parte, pero ¿lo querrá?

Sé que esta mañana intercambiamos palabras que me confirman que ella también quiere que nuestra relación progrese. Pero detrás de estas bellas palabras se esconde una realidad que, si bien no es terrible, tal vez no corresponda al cuento de hadas que ella espera.

En unos días tendré que regresar a mi base. Y después de eso, en unas semanas, tal vez meses, me iré. ¿Dónde?, todavía no lo sé, pero seguramente no será a Defiance o a Nueva York, sino a un país hostil situado al otro lado del mundo. ¿Y estará lista para aceptarlo? No todo el mundo está hecho para vivir con un militar. Mis recientes fracasos románticos me lo han demostrado.

Y ella, por su parte, seguramente tiene sueños, ambiciones. ¿Cómo encaja mi ya complicada agenda en esto? No quiero ser yo quien le pida que lo deje todo y espere tranquilamente a que regrese a casa. He visto a muchos de los cónyuges de mis colegas sacrificar sus propias carreras por amor. Pero el amor puede convertirse rápidamente en amargura cuando el otro está ausente con demasiada frecuencia.

Porque de eso se trata, del amor.

Algunos podrían decir que es demasiado pronto, que no la conozco lo suficiente como para sentir algo sincero por ella. Pero sé en el fondo que lo que siento es algo único. Algo a lo que nunca me he enfrentado. Algo que sería incapaz de sentir por otra mujer.

Solo necesité una mirada, una leve sonrisa cuando no era ella misma para conquistarme. *Amor a primera vista*, como dicen los franceses. Eso es exactamente, un rayo que impactó directamente en mi corazón para darle vida.

Finalmente aparta la vista del paisaje para sonreírme. Por un momento pude olvidar todos los problemas que nos pesaban.

«¿Qué te gustaría hacer una vez que estemos en Estados Unidos?», le pregunto.

La cuestiono sin segundas intenciones, espero una respuesta sencilla. Pero cuando su expresión flaquea, comprendo que le ha dado un significado mucho más serio. ¿Quizás ella se está haciendo las mismas preguntas que yo? ¿Cuál es nuestro futuro, cuando hay horas de avión entre los lugares que respectivamente llamamos hogar? No quiero sacar el tema a colación, no ahora que vamos camino a la comisaría.

«¿Te gustaría…? No lo sé. ¿Ir a ver a tus padres? ¿Ir a tu

restaurante favorito? ¿Pasar una tarde viendo series estúpidas?», aclaro mis pregunta.

Finge pensar por un segundo y responde. «Me gustaría ir a comer una hamburguesa enorme con papas fritas al bar del Grand Hotel en Point Lookout. Sí, eso es todo, con doble ración de papas fritas. El Grand Hotel ya no tiene el esplendor que tenía cuando abrió, pero el bar restaurante todavía sirve la mejor hamburguesa del condado. Solo con la idea de comer la receta especial del chef, yo… ¡ya está! ¡Ahora tengo hambre!».

«¡Acabamos de comer!». Me divirtió tanto su respuesta como las expresiones faciales que la acompañaron.

«Tú fuiste quien inició el tema».

«¿Y dónde encontramos este maravilloso lugar?».

«Point Lookout está justo al lado de Defiance, junto al mar», me explica.

Bien, entonces le gustaría hacer una pequeña visita a sus padres. Me pregunto cuál es la mejor manera de abordar el tema, pero al final ella lo hace.

«¿Me acompañarías?», pregunta, de repente mucho menos segura.

«Por supuesto», respondí sin dudarlo.

Intercambiamos una sonrisa y estoy a punto de hacerle otra pregunta cuando por el rabillo del ojo, un objeto en movimiento me llama la atención.

El resto ocurre en una fracción de segundo.

Giro la cabeza y escucho a Andrea gritar, «¡Mierda!».

El impacto es violento. El bulto negro es de un 4x4 que impacta contra la puerta del lado del pasajero. Nuestro coche se desvía del rumbo y choca contra el parapeto.

La mano de Tiffany aprieta la mía.

Siento que nos estamos volcando. A pesar de mi cinturón, soy arrojado contra mi compañera y luego hacia el techo. Me doy cuenta de que estamos dando vueltas.

Es el último pensamiento coherente que me pasa por la cabeza, porque después, todo se vuelve completamente oscuro.

40

TIFFANY

El tiempo se detiene.

El impacto, el ruido de la lámina, la mano de Jimmy que deja de sujetar la mía...

Tengo tiempo para sentirlo todo, para analizarlo todo.

Andrea grita en francés, no entiendo nada y sin embargo lo comprendo todo. Su rabia, su frustración, su enfado... y luego el tiempo se acelera como si tuviera que compensar los pocos segundos que pasaron en cámara lenta.

Otra vuelta del vehículo.

El interior está lleno de polvo blanco que no deja de volar. Andrea tose como un loco.

Finalmente, el coche se detiene. Ya no puedo ver. Estamos en la oscuridad. Una voz electrónica nos informa en inglés que la ubicación de nuestro accidente ha sido transmitida a un servicio central y que los servicios de emergencia han sido notificados. Dos segundos de silencio, y luego un mensaje en francés… probablemente lo mismo.

La luz del techo del coche se enciende sola y comprendo que de repente el día se ha convertido en noche: las bolsas de aire bloquean todas las ventanillas.

Aunque no puedo percibir el mundo exterior, sé que el coche está de lado. Me duele el hombro derecho. Debo haber golpeado algo. Jimmy está encima de mí, sujeto por su cinturón, con los brazos colgando como un títere desarticulado.

Delante de él, Andrea está sujeto por el cinturón y por la bolsa de aire que se desplegó entre el volante y él.

«¿Cómo están ahí atrás?», pregunta, perforando la bolsa de aire con un cuchillo que no sé de dónde lo consiguió.

«Yo estoy bien. No tengo nada», le digo. «Bueno, eso creo. Pero Jimmy… ¡se golpeó la cabeza! No está sangrando, pero...».

«No entres en pánico», me dice Andrea, volviéndose hacia nosotros.

«Estoy muy tranquila», logro responder.

Nunca he estado tan tranquila en mi vida.

Estoy tan tranquila que me doy miedo.

El hombre que esperé toda mi vida está inconsciente y yo mantengo la calma.

Me gustaría gritar, pero no, observo la situación con un extraño desapego. Contengo la respiración.

En primer lugar, porque no tendría sentido provocar un ataque de histeria.

Luego porque me niego a creer que la vida pueda ser tan injusta.

¡No hice nada para merecer lo que me pasó!

Así que, estoy dispuesta a aceptar la idea de que tuve que caer en las garras de Arkady, si ese fue el precio a pagar, para conocer a Jimmy.

También estoy dispuesta a admitir que todavía tendré que pasar por algunos momentos difíciles para finalmente deshacerme de la amenaza que representa Gamboni.

Todo tiene un precio en la vida. Siempre lo he sabido y tolerado.

¡Lo que me niego categóricamente a creer es que el destino hubiera sido tan cruel como para arrojar a Jimmy en mis brazos solo para arrebatármelo unos días después!

Estoy a punto de quitarme el cinturón de seguridad para acercarme a él cuando Andrea se separa de su asiento y se mueve hacia la parte trasera del auto.

El auto se tambalea...

Andrea se detiene, pero ya es demasiado tarde. El daño ya está hecho, el equilibrio ha sido alterado. El SUV vuelve a balancearse. Andrea, que ya no está asegurado, es arrojado hacia su asiento y luego en la otra dirección.

La caída en picada continúa, tengo la impresión de que nunca se detendrá, pero no... no es posible.

El vehículo se detiene repentinamente. Volvemos a estar sobre cuatro ruedas. Bueno, eso pienso. Estoy un poco aturdida, pero en general estoy bien.

La parte superior del torso de Andrea está debajo del volante, sus piernas en el asiento que ocupaba. Gime suavemente. Así que, él está vivo.

Jimmy todavía no emite ningún sonido.

Pase lo que pase. Me desabrocho el cinturón de seguridad y me acerco a él. ¡Sí! Todavía respira. Sin cortes, sin lesiones aparentes. Debe haberse golpeado la cabeza. Pero, ¿cómo? Probablemente porque es tan grande que el cinturón no fue suficiente para mantenerlo bastante lejos del techo del auto. ¡Espero que solo esté inconsciente!

Busco en sus bolsillos su teléfono, sin éxito. ¿Se le cayó del bolsillo durante las vueltas del auto? Miro al suelo. Nada. Bueno, no exactamente. El cuchillo de Andrea voló a mis pies. Lo tomo y exploto la bolsa de aire que bloquea la ventanilla de mi puerta. Los rayos del sol penetran en el espacio.

Jimmy sigue sin moverse. Su respiración es regular. Se podría pensar que está durmiendo. Suavemente acaricio su rostro mientras digo su nombre. No se despierta.

Andrea vuelve a gemir, pero más débilmente. Tendría que enderezarle la cabeza. Sé que normalmente no debemos mover a una persona herida antes de que llegue la ayuda, pero aquí está boca abajo, eso no puede ser bueno para él. Al menos debería poder levantarlo un poco.

Estoy a punto de salir de la cabina cuando veo a dos hombres acercándose a mi lado del auto. Probablemente los conductores de otros vehículos que circulaban por la carretera. Habrán visto el accidente y habrán decidido venir a ayudarnos.

Mi mano en la manija, quiero abrir la puerta. Imposible. Intento apoyarme con el hombro. Está demasiado adolorido para que pueda funcionar. La carrocería debió haber quedado deformada por el impacto.

Miro hacia arriba para indicarles a los buenos samaritanos que tendrán que dar la vuelta para llegar al otro lado del auto. Se encuentran a solo unos metros del vehículo. Se detienen para intercambiar algunas palabras. Uno de los dos me da la espalda y examina los alrededores. ¿Habrá oído ya el sonido de la llegada de ayuda? No, es demasiado pronto para... ¡No! El segundo hombre cruza la distancia entre nosotros y lentamente levanta su brazo derecho hacia mí.

Al final del brazo veo una mano enguantada. En esa mano lleva un arma.

Me estremezco y se me llenan los ojos de lágrimas.

Soy muy joven para morir.

Jimmy y Andrea también.

Y todo porque mi padre tenía delirios de grandeza.

El hombre aprieta el gatillo y… no pasa nada… sigo aquí.

El asombro es visible en su rostro cuando comprende al mismo tiempo que yo, que no puede alcanzarme su disparo. ¡Estoy en un vehículo blindado!

Llama a su compañero y se acerca un poco más al auto para intentar abrir mi puerta. Él no puede hacerlo más que yo. Tengo una repentina necesidad de reír cuando me doy cuenta de lo absurdo de mi situación: debo ser la primera mujer en el mundo que se alegra de haber quedado atrapada en la ladera de una colina en un vehículo accidentado.

Él frunce el ceño. Mi carcajada lo perturba. Me doy cuenta de que no tiene sentido. Es solo que mis nervios están fallando. Vuelve a atacar la puerta y aprieto los puños. No me dejaré llevar sin luchar.

¡El cuchillo! Me lanzo al suelo para agarrar el arma que había colocado en el suelo.

Si tengo que irme, dejaré a mi verdugo un recuerdo de mi parte.

Cuando me levanto para enfrentarlo, ha desaparecido.

¡Su compañero yace en el suelo a unos pasos de él!

A unos metros de distancia, Élodie y Ken están de pie, con las piernas un poco separadas y ambas manos en las armas, listos para seguir matando ante lo primero que se mueva en su línea de visión.

Vuelvo a respirar

«¡Está bien, estamos salvados!», grito a mis dos compañeros de desgracia.

Pero ya no puedo oír a Andrea y Jimmy sigue inconsciente.

Cruzo mis dedos. ¡Que sea verdad!

41

———

JIMMY

Un olor acre, un pitido regular. Siento los párpados pesados, pero sé que tengo que abrirlos. Lucho, se cuela un poco de luz, es agresivo, pero aun así persevero.

Escucho gente moviéndose a mi lado. Algo cálido, suave, descansa sobre mi mano. Estoy tratando de aferrarme a eso.

«¿Jimmy?».

Una voz.

Reconozco esa voz que me habla sin parar.

Abro los ojos un poco más. No veo nada.

«¿Jimmy?».

Aparece un rostro, rodeado de luz. Un ángel rubio que me mira fijamente con sus grandes ojos claros y una expresión medio preocupada, medio aliviada.

Un ángel, mi ángel.

«Tiffany».

Tengo la mayor dificultad del mundo para pronunciar estas tres sílabas. Tengo la garganta seca, mi voz suena oxidada.

Pero ella me sonríe antes de desaparecer repentinamente.

No me gusta eso.

¡No quiero que desaparezca!

Pero, afortunadamente, reaparece un segundo después, con un vaso y una pajita en la mano. Con la otra mano, me sostiene la cabeza y me ayuda a tomar unos sorbos.

«Lentamente, lento», me repite en voz baja.

Trago con dificultad, pero lo logro. Cuando termino, Tiffany vuelve a dejar el vaso en la mesita de noche y se hace a un lado. No me gusta, me gusta tener sus manos encima de mí.

Frunzo el ceño y cuando me ve hacerlo, suelta una pequeña risa e inmediatamente se acerca. Vuelve a acariciar mi brazo.

«Deberíamos llamar a una enfermera», dice ella.

«¡Espera!».

Me mira sorprendida.

«Quiero... quiero primero disfrutarte un poco a solas».

Ella me sonríe y me da un beso en la frente.

«Todavía queriéndome solamente para ti, supongo que eso significa que ya estás mejor», comenta divertida.

«¿Qué te hiciste en el pelo?», le pregunto.

Agarra uno de sus mechones dorados y lo enrolla entre sus dedos.

«Yo... volví a mi color natural. Pensé que tal vez preferías...».

Debe confundir mi mirada de preocupación con otra cosa, porque su sonrisa se desvanece.

«¿No te gusta? ¿Prefieres el rojo?», me pregunta.

La verdad es que la amo, sin importar el color de su cabello. Lo que pasa es que el hecho de que haya tenido tiempo de cambiarlo me plantea muchas preguntas. Pero antes de interrogarla...

«Eres muy linda. Como rubia, pelirroja, morena

también, supongo. Y aunque te hubieras afeitado la cabeza», le confirmo.

«Tendré que mostrarte fotos de mi adolescencia, tuve muchas crisis con mi cabello y mis elecciones ¡no siempre resultaron de buen gusto!», ella bromea.

«No puedo esperar para verlas».

Ella duda.

«Pensé que te resultaría más familiar verme rubia cuando te despertaras. Aunque... tampoco me has visto mucho como rubia...», admite.

«Tiffany, ¿cuánto tiempo llevo aquí?».

«Han pasado exactamente cinco días».

«Cinco días? Pero...».

«¿Recuerdas el accidente?».

Un recuerdo. Imágenes de Tiffany y yo en ese auto. El 4x4 que nos golpea, nos volcamos.

«Lo recuerdo», murmuro.

«Tuviste una conmoción cerebral. Los médicos dijeron que necesitabas reposo para recuperarte. Y parece que tu cuerpo aprovechó también para recuperarse de tu déficit de sueño de las últimas semanas. Los médicos dijeron que era normal, pero...».

No necesita terminar la frase, entiendo que estaba preocupada. Aprieto su mano un poco más fuerte. Una lágrima rueda por su mejilla, la limpia y luego sonríe.

«Pero ya estás despierto. Todo estará bien».

De repente tengo un ataque de pánico.

«Pero tú, entonces, ¿estás bien? ¿Estás lastimada?».

«Me encuentro muy bien. Aparte de algunos moretones que ya están desapareciendo, no tengo nada. Y Andrea tampoco lo está haciendo tan mal».

Me doy cuenta de que, efectivamente, ni siquiera pensé en nuestro pobre conductor.

«¿Resultó herido?».

«Una pierna y una costilla rotas. Ya lo han dado de alta del hospital. Tiene algunos problemas para moverse, pero Madison hace de enfermera. Aunque ya sabes, se pelean cada dos minutos. No sé cómo sobrevivieron estando juntos mientras ustedes estaban en Italia. Incluso hacemos apuestas sobre cuál de los dos matará primero al otro».

«Madison», respondo sin dudarlo. «Esa chica puede matarlo de exasperación. Es muy buena en eso, créeme».

La puerta de la habitación se abre y entra una enfermera.

«¡Ya veo que estamos despiertos!», dice en un inglés melodioso con un tono que pretende ser severo, pero de todos modos con una leve sonrisa en sus labios.

«Simplemente se despertó», dijo Tiffany.

Entiendo que se suponía que ella la debía mantener informada de los últimos cambios. La enfermera se acerca y comprueba los signos vitales. Parece satisfecha.

«Esperaremos al médico, pero supongo que podrás volver a casa muy pronto. ¿Dormiste bien?».

«Es mi superpoder», respondo, repitiendo las palabras con las que Ken siempre se burla de mi capacidad para quedarme dormido en todas partes y rápidamente. Eso lo recuerdo bien.

Tiffany me sonríe.

«Por otro lado, hay alguien más que pasó demasiado tiempo en esa silla intentando dormir bien. Así que, les aconsejo, cuando salgan de aquí, descansen unos días los dos», añade la enfermera. Y sale de la habitación.

«Ya escuchaste al médico. Tenemos que pasar al menos una semana en la cama, solos tú y yo», le sugiero a Tiffany con un tono lleno de insinuaciones.

«No fue el médico, sino la enfermera, y habló de descansar».

«Leí un artículo que decía que dormías mejor después de...».

Ella me silencia depositando un beso en mis labios. Es breve, pero suficiente para dejarme sin aliento. Y ahora quiero más. Estoy a punto de decírselo a Tiffany, pero parece que tiene otras ideas en mente.

«Jimmy, sé que acabas de despertar...y no me has pedido nada...».

Le indico que continúe.

«¿Crees que...? Me gustaría... bueno, si estás de acuerdo...».

«Por favor, pon fin a mi sufrimiento, pero por favor, dime que te gustaría regresar a los Estados Unidos conmigo».

Ella parece más relajada.

«¿Crees que tendrías espacio para mí en Monterey?».

Siento que mi corazón rebosa de felicidad.

«Ya ocupas todo el espacio aquí», le contesto, poniendo su mano sobre mi pecho. «Después te daré todo lo que necesitas en casa. Nada me haría más feliz que vinieras a vivir conmigo».

«¿Incluso si te digo que tengo muchos pares de zapatos?», ella bromea.

«Cuando dices muchos, ¿cuántos son?».

Se inclina y me susurra un número al oído. Me aclaro la garganta.

«¡No importa! Pero, bueno... tengo una habitación que se podría transformar en vestidor».

«Te amo», dice de repente.

Parece ser una broma el hecho de que basta con hablar de zapatos y vestidor para tener derecho a una declaración de amor, pero cuando veo la mirada que acompaña esta confesión, comprendo que no tiene nada que ver con eso. Sus ojos están llenos de esta sinceridad que no se puede fingir. Y como estas palabras también corresponden a lo que siento, le digo, «Yo también te amo, Tiffany».

Intento levantarme para besarla. No soporto que esté tan lejos de mí. Quiero tocarla, abrazarla. Que apoye su cabeza contra mi hombro...

Pero la puerta se abre de nuevo y la cabeza de Ken aparece en la entrada.

«¿Parece que estás despierto?».

Le dirijo una sonrisa que significa 'lárgate', pero parece que a pesar de que mi amigo es políglota, no tiene este traductor. O tal vez soy yo el que tiene mal desempeño, porque al segundo siguiente él entra con Élodie, Ted e incluso Madison pisándole los talones.

Todo el mundo pregunta por mí. Se burlan un poco de mí por estar en mi gran cama, y pido noticias de Andrea; es la hermana de Ken quien se encarga de dar el reporte. Ella suspira, pone los ojos en blanco y dice que es insoportable, pero aun así se escabulle dos minutos después... ¡para ir a reunirse con él!

Ken frunce el ceño, pero Élodie le indica que deje de interpretar al hermano mayor 'hiperprotector'. Una vez que Madison sale, hago una pregunta que ha estado en mi mente por un tiempo y que estaba planeando preguntarle a Tiffany, pero no tuve tiempo.

«¿Cuál es nuestra situación con Gamboni?».

Ted me da el informe.

«Imagínate que Vincenzo Gamboni ya no se encuentra en este mundo. Y espero que ya se esté pudriendo en el infierno. La familia de su ex prometida fue rápida y eficiente. Un balazo en la nuca. Los rumores que escuché son que lograron que uno de sus guardaespaldas lo traicionara. En cualquier caso, con la investigación en Francia, a la que se sumó Italia, ahora sus familiares caen uno tras otro. Ya no hay nadie que lo llame *Il Santo*.

Apenas ha terminado de ponerme al tanto cuando suena su teléfono. Frunce el ceño, pero discretamente se aleja para contestar.

Siento como si acabaran de quitarme el último peso que oprimía mi pecho. Tiffany está radiante y la entiendo. Ya no hay nadie que pueda amenazarnos.

Ted regresa a la habitación y llama a mi novia.

«Es para ti», dice, entregándole el teléfono a Tiffany.

Ella frunce el ceño y gimo al pensar en ella soltando mi mano.

«¿Quién es?».

«Amhale», responde Ted.

42

TIFFANY

«Creo que podría acostumbrarme a vivir así», dice Madison, estirándose en su tumbona.

Por el rabillo del ojo, veo a Ken preparándose para responderle, cuando Élodie le pone la mano en el brazo en un gesto de apaciguamiento. No soy el único que nota la reacción del hermano mayor.

«¿Te das cuenta de la suerte que tienes?», Malaika le da un codazo al preguntarle a Amhale.

«No, eres tú la afortunada», protesta Amhale, sonriendo. «¡Ni siquiera puedes imaginar la cantidad de hermanitas a las que les gustaría que las obligaran a faltar a la escuela!».

«Una cosa es segura, nunca nadie tuvo que obligarte a hacer los deberes ni a aprender las lecciones», añade la señora Nkosi, saliendo de casa con una bandeja cargada de comida. «Pero, por otro lado, debemos admitir que no todo el mundo está hecho para realizar estudios largos. Amhale tiene otros talentos».

Se acerca a la gran mesa puesta para once bajo el pabellón. Todos nos encontramos allí. Ken ocupa su lugar entre Élodie y Madison. Allí se une a él Andrea que, a pesar de tener una costilla rota, domina perfectamente el uso de muletas. Si siente dolor, no lo demuestra. Ted mueve una silla en la que está sentado nuestro lisiado, refunfuñando. Es demasiado orgulloso para admitir que necesita la ayuda de alguien.

Él y nuestra anfitriona son pareja. Ella es tan difícil de ayudar como él. Sus dos hijas parecen haberlo aceptado. Dejaron de ofrecerse como voluntarias y permiten que les sirvan sin protestar. Aún no he dicho mi última palabra. Por supuesto, la señora Nkosi no puede contar conmigo en la cocina, porque los platos pequeños no son lo mío. Mis habilidades son limitadas. Puedo cocinar un bistec, asar un pollo, freír papas y hacer ensaladas... Creo que eso es todo. En cambio, a la hora de servir o recoger la mesa soy una profesional. Como todas las actrices de Nueva York y Los Ángeles.

En la mesa queda un lugar vacío, el del señor Nkosi.

Fue él quien nos recibió en esta villa de ensueño que alquiló durante una semana en Saint-Tropez para agradecernos haber salvado a sus hijas, pero no se quedó. Al día siguiente de nuestra llegada, se fue.

Es un poco curioso, pero no está mal. Para Élodie y para mí, este hombre de negocios es tan intimidante como cálida es su esposa.

Y si sus hijas lo extrañan, no lo demuestran.

«Entonces, ¿ni siquiera lo conocías hace dos semanas y vas a dejar todo por él?», le pregunta Madame Nkosi a Élodie, llevándose la mano derecha al corazón. «Qué romántico».

«Realmente no voy a dejarlo todo», explica Élodie. «Solo lo voy a estar con él durante unos meses, hasta que termine sus compromisos y luego será él quien dejará todo por mí».

Se vuelve hacia Ken, quien la devora con la mirada.

Hay tanto amor en sus ojos que se me pone la piel de gallina.

No tengo nada que envidiarle, veo tanta pasión en los ojos de Jimmy.

«Soy el más feliz de los hombres», declara poniendo su mano sobre la de Élodie.

Madison pone los ojos en blanco y finge náuseas. Me temo que esta encantadora niña eclipsará ligeramente la imagen idílica imaginada por Madame Nkosi. Deja de comportarse como una mocosa cuando se encuentra con la mirada de Ted, quien le pone los ojos en blanco. Madison inclina la cabeza, pero no creo ni por un momento que esté mostrando arrepentimiento.

«Siempre creí en el amor a primera vista», nos dice Madame Nkosi. «Cuando conocí al hombre que se convertiría en mi marido, yo...».

«¡Mamá!», exclaman Amhale y Malaika al unísono.

«¿Qué he hecho yo en el cielo para tener dos hijas así?», nos pregunta fingiendo molestia.

La conversación continúa alegremente. Incluso Andrea lo hace cuando Jimmy decide deleitarnos contándonos cómo Madison había logrado que la expulsaran permanentemente de la escuela religiosa donde Ken la había matriculado para que estuviera un poco más vigilada. La profesora de Ciencias Naturales, no había apreciado su trabajo en donde había dibujado perfectamente una sección transversal de los genitales masculinos. Anatómicamente no tenía nada de malo. El problema era que lo había dibujado orgullosamente erguido para la acción.

Madame Nkosi finge desmayarse y necesita aire.

«Gracias a Madison, creo que seré un padre modelo», me susurra Jimmy al oído.

Al darse cuenta de lo que acaba de insinuar, Jimmy estudia mi reacción con preocupación.

«Pero sí, quiero hijos», le digo para tranquilizarlo. «Es solo que…».

«No inmediatamente, estamos de acuerdo», dice aliviado.

«¡Quizá cambies de opinión después de conocer a mi padre!».

Mi chiste no hace reír a Jimmy. Con increíble entusiasmo me responde, «No, nada puede hacerme cambiar de opinión. Nunca te reprocharé lo más mínimo lo que hayan podido hacer tus padres».

Sin querer he tocado una fibra. Las incesantes traiciones de su madre y la inexistencia de su padre lo marcaron para siempre. Pase lo que pase, entre nosotros, la honestidad dominará. Esto es lo que nos prometimos mutuamente y una cosa es segura, nunca incumpliré mi palabra. Como él, no me comprometo a la ligera.

«Lo sé, mi amor, lo sé», le susurro al oído antes de darle un beso en la mejilla. «Solo bromeaba».

«¡Ustedes dos compórtense!», Ted nos dice antes de llamar la atención de la señora Nkosi como testigo. «Ya sabe cómo es esto».

«Sí, lo recuerdo», responde con una sonrisa nostálgica. «Y es una verdadera alegría ver parejas tan hermosas a mi alrededor. La felicidad que les espera es solo la justa recompensa a la belleza de sus almas, a su generosidad. Sin ustedes, quién sabe qué hubiera sido de mis dos hijas».

La señora Nkosi derrama una lágrima discreta y, recuperando el control de sus sentimientos, pasa a la ofensiva.

«Y tú, Ted, ¿cuándo presentarás a tus amigos a la mujer de tu vida?».

Ted la mira con curiosidad como si acabara de revelar algo que nadie debería saber, luego se recompone.

«¡No pretenderá que robe el protagonismo a mis mejores amigos!», bromea.

La señora Nkosi hace a un lado su absurda respuesta con un gesto de la mano.

«¡Como si no hubiera suficiente amor para todos!», dice ella.

Tiene razón. Jimmy lo demuestra una vez más. Entrelaza sus dedos con los míos antes de llevar mi mano a sus labios.

No tengo dudas, aunque es reciente, nuestro amor es sólido. Lo suficiente como para seguir prosperando, pase lo que pase.

Es tan grande que nada podrá eclipsarlo.

EPÍLOGO

MADISON

Observo los últimos rayos de sol iluminar el Mediterráneo y suspiro. Pensar que en unos días todo esto se acabará. Regresaré a Estados Unidos y retomaré mi vida más o menos donde la dejé.

Nada habrá cambiado allí, estoy segura. Ni la casa suburbana que comparto con Ken, ni los cercanos bares de mala muerte, y mucho menos la gente que los frecuenta.

Pero he cambiado.

No soy tan ingenua como hace unas semanas, cuando me dejé engañar por ese bastardo de Arkady. Aprendí de mis errores, ahora sé que el Príncipe Azul no existe. Al menos debemos tener cuidado con lo que es demasiado bueno para ser verdad.

En los últimos días, puede que no haya tenido ninguna revelación sobre lo que quiero hacer con mi futuro, pero una cosa es segura, no me imagino terminar mi vida en Monterey compartiendo habitación con mi hermano. Y, de todos modos, tampoco está en sus planes, por lo que tengo entendido.

Así que, no me echó estrictamente hablando, pero primero me dijo que Élodie iba a venir a pasar un tiempo en los Estados Unidos, y luego planeaban mudarse a Mónaco para trabajar con Ted.

Básicamente, seré el mal tercio todo el verano y luego me echarán cuando abandonen el continente americano.

No quiero amargarle la vida a mi hermano. Estoy muy consciente de que pasó todos estos años cuidándome y que dejó de lado su propia vida. Él también tiene derecho a la felicidad y Élodie parece una ser una chica fantástica. Pero no me deja muchas opciones, yo también tendré que tomar decisiones.

La vieja Madison habría esperado hasta estar contra la pared para encontrar una solución. Pero la nueva Madison se hará cargo de su vida. ¡Y para ello tiene una idea!

Una idea de un metro ochenta de altura, con unos bíceps tatuados del tamaño de mis muslos y unos abdominales sobre los que ruedan gotas de agua que podría verme lamiendo con la punta de la lengua...

Ted Carter.

Un amigo de mi hermano con quien estuvo en el ejército y que acaba de salir de la piscina.

Hacía años que no lo veía y podemos decir que fueron muy generosos con él. Es incluso más grande y sexy de lo que recuerdo.

Yo también soy muy diferente a la última vez que me vio. Ya no soy la adolescente que tiene problemas para controlar el rizado de su cabello, con piel grasa y formas inexistentes. No diría que me he convertido en una bomba sensual, pero sé que estoy lejos de ser fea.

En nuestra casa, podría haber tenido a cualquier chico siempre que quisiera. Pero ahí está, no me gustan los perdedores y no siento que me haya encontrado con nada más que eso.

Excepto Ted.

Ted, quien aparentemente no recibió el memorando de que me convertí en mujer.

Ted, que se preocupa lo suficiente por mí como para quedarse despierto toda la noche en el hospital y llamarme todos los días para ver cómo estaba cuando se encontraban en Italia. Pero que nunca mira a otro lado que no sea a mis ojos.

Ted, secándose el pecho y de repente haciéndome querer ser una toalla de felpa.

Toma su teléfono y frunce el ceño. Luego lo golpea y lo vuelve a colocar sobre la mesa. Finalmente se gira hacia la piscina para observar, con una sonrisa en el rostro, a Ken y Jimmy que están haciendo travesuras en el agua.

Quizás ahora sea el momento de actuar. Por primera vez no está ocupado o no parece tener la mente en otra parte.

Me levanto de mi tumbona, me quito el pareo y camino con paso vacilante en dirección al misterioso detective. Sé que mi bikini rojo me hace parecer apasionante. Me echo el cabello castaño detrás de los hombros y coloco una sonrisa seductora en mis labios.

Desafortunadamente, solo cuando estoy parada directamente frente a él, Ted nota mi presencia.

«Hola Mad, ¿quieres limonada?», dice, señalando la bandeja cercana en la que hay vasos y una jarra.

¡¿Por qué no un poco de pasión mientras estamos en eso?!

«Em... sí», finalmente acepto, diciéndome a mí misma que, después de todo, es mejor que no muera de deshidratación mientras trato de llamar su atención.

Sirve dos vasos y me entrega uno.

«Gracias».

Él responde con un pequeño movimiento de cabeza y como siento que el momento puede pasar, sigo adelante.

«Ted, tuve una idea y quería hablarte de ella…».

«¿Sí?».

Esta vez sus ojos azules están enfocados en mí. Tengo toda su atención.

«Sobre que… Ken y Élodie van a regresar a Estados Unidos y… me gustaría darles un poco de espacio. Mira, van a necesitar disfrutarse y…. no es que tenga planes para este verano. Entonces, pensé un poco y me dije que tal vez podría quedarme aquí, en la Costa».

«¿Quieres pasar aquí tus vacaciones de verano?».

«Sí, pero no…».

Madison, ¡es hora de demostrarle que eres una adulta con la cabeza bien puesta sobre los hombros!

«No, ¡no quiero quedarme aquí solo para festejar! Y no pienso vivir a costa de nadie. Creo que sería bueno si consigo un empleo».

Él asiente como si la idea le pareciera interesante, así que motivada por esta especie de aprobación, continúo.

«¿Pensé que podrías necesitar ayuda en Mónaco?».

Él frunce el ceño.

«No tengo formación como Élodie o como mi hermano. Pero tienes mucha gente trabajando para ti en la oficina. Quién hace… no sé… tus papeles… tu café», dije con una risa nerviosa.

Su expresión es indescifrable. No sé si piensa que lo que acabo de decir es completamente estúpido o si está pensando en ello. Retuerzo mis dedos entre ellos e intento un último argumento para convencerlo.

«Soy lista. Bastante buena con las computadoras, e

incluso llevé contabilidad en la universidad, así que tal vez podría...». Y me interrumpe.

«Sí, sí», dijo, asintiendo, «tal vez tenga algo para ti».

«¿En verdad?», pregunto con una sonrisa que llegó hasta mis oídos.

«Sí, y el trabajo incluye un pequeño apartamento para el personal. No es muy grande, pero te daría un lugar donde quedarte durante el verano, o más si decides quedarte con nosotros después».

Me pregunto dónde se encontrará este famoso apartamento. Quizás incluso en la torre donde vive Ted y donde tiene sus oficinas. Sé que tiene varios, de hecho, nos instaló allí con Andrea, mientras todos se encontraban en Italia. No me importa si los lugares son pequeños, si todo sale según lo planeado, solo me tomará unos días seducirlo y luego pasaré mis noches en su casa. Además, no puede ser más pequeña que mi habitación en casa de Ken.

«Gracias, Ted, ¡súper!».

Le salto al cuello y supongo que lo sorprendo, porque sigue rígido como un poste. Termina acariciando mi espalda desnuda con torpeza. Quiero abrazarlo un poco más fuerte, pero él rápidamente se aleja. Hay que decir que la presencia de mi hiperprotector hermano mayor a solo unos metros de distancia no debe ayudar.

«Ni siquiera te dije cuál es el puesto», se ríe.

«¡Estoy segura de que será genial!».

«No sé si *genial* sea el adjetivo. Pero si tienes la dedicación, podría ser interesante. Y así podrás disfrutar del verano en Saint-Tropez. Vas a poner celosos a todos tus amigos».

Mi sonrisa se desvanece.

«¿En Saint Tropez? ¿El puesto no está en Mónaco contigo?».

Él niega con la cabeza.

«No, aquí todo el equipo está completo. Pero allá estamos en plena expansión. Y estoy seguro de que estarán muy felices de tenerte».

Se da vuelta y llama a Andrea.

«¡Oye, Andrea!».

Mi guardaespaldas, o debería decir mi guardia de prisión, de los últimos días está instalado bajo una sombrilla, con el pie todavía enyesado estirado frente a él. Él vuelve la cabeza.

«¿Sí, jefe?».

«Tú que sigues diciéndome que no puedes contratar un nuevo asistente, he resuelto tu problema».

«Ah ¿sí?».

Parece realmente feliz, el pobre, igual que yo hace dos minutos.

«Sí», continúa Ted. «Está justo en frente de ti. Madison tomará el empleo el lunes.

La sonrisa de Andrea flaquea y no me lo pierdo. Lo miro fijamente y él entrecierra los ojos en respuesta. *Ya veremos*.

«Se supone que tendré entrevistas la próxima semana...», comienza Andrea.

«Cancélalas, esto te ahorrará tiempo».

«Está bien, jefe», dice, sin parecer contento con la situación.

«Y se mudará al estudio vacío. De esa manera, podrá ir a rascarte la pierna cuando no puedas hacerlo tú mismo», Ted se ríe y agrega dirigiéndose a mí, «Andrea vive en el mismo piso. Como ya han convivido durante los últimos días, se les facilitarán muchas cosas».

Me da una palmadita en el hombro como si fuera una niña buena.

«Ya verás, pasarás un gran verano en Saint-Tropez, Mad».

No estoy muy segura...

Gracias por leer la historia de Jimmy y Tiffany.

¿Te gustaría leer la continuación de las aventuras de Madison y Andrea?

Podrás conocer la historia en: ***Giro en Saint-Tropez***

OTROS LIBROS DE TAMARA Y OLIVIA

Riviera Security :
    Escapada francesa - Tomo 1
    Fuga italiana - Tomo 2
    Giro en Saint Tropez - Tomo 3

OTROS LIBROS DE TAMARA

I love you, mon amour: Una historia de amor en la Provenza

Bay Village
Flechazo y malentendido
Diamante y mal karma
Mucho más que una fashion victim

OTROS LIBROS DE OLIVIA

Serie de los romances de los Motociclistas de los Tornados de Hierro
Frío como el hielo
Frío Ardiente
Fusión en frío
Ardiente persecución
Ardiente desastre
Blanco candente
Paseo agitado
Alerta de tornado
Aviso de tormenta
Advertencia de huracán